聞かなかった場所

松本清張

角川文庫
13545

1

浅井《あさい》恒雄《つねお》がそれを知らされたのは出張先の神戸であった。

夜の八時半ごろで、食品加工業者の宴会の席だった。浅井は農林省の食糧課の係長だが、昨日から局長のお供で来ている。白石《しらいし》という局長はひと月前に他の局から昇進してきた人で、食品行政にはほとんど素人だった。昨日から阪神地方の缶詰工場やハム工場の視察に回っていて、明日は広島に向かう予定だ。今夜が業者のお膳立《ぜんだて》による懇親会であった。

宴会もそろそろ終わりかけであった。浅井より三つ年上の局長は、向こう隣にいる業者組合の会長とゴルフの話をしていた。局長はシングルの腕である。囲碁も将棋も実力の初段、マージャンは省内切っての名手であった。浅井は傍にすわって盃《さかずき》を口に運びながら局長の話を神妙な顔つきで聞いている。上司の雑談にも耳を傾けるというのが敬意のあらわれの一つだった。ウイスキーを飲んでいる局長の声は高い。四十五歳で局長だから出世が早いほうである。浅井と違って、東大法科卒の有資格者《キャリア》だった。それに省内派閥の頂上にいる次官に気に入られていた。

浅井はこの異動の前に業者に向かって、今度の局長は、いまのポストが長くて二年、早ければ一年半くらいで主流の局に移る、どうせ出世階段途中の腰掛け程度だから、熱を入れて仕事をする気はないし、現場のことがわかるわけがない、万事をぼくに頼っているから彼のことならぼくにまかせなさい。ただ、任期中に思いつきの案でスタンドプレーをやろうとするかもしれないが、そこはぼくが付いていて、適当にリードして抑えるから、と話していた。業者は、非有資格者だが実務にはベテランの浅井に、どうぞよろしくお願いしますと頭を下げた。浅井は業者とは肝胆相照らす仲だが、ぼんぼん局長の前には素知らぬ顔をしている。局長が、囲碁、将棋、マージャン、ゴルフに強いのは学生時代のヒマにおぼえた道楽で、貧乏な家庭で私立大学をやっと卒業し、いまの役所にはいった浅井とは、はじめから種族が違っていた。

芸者が二十人ばかりはいっていた。局長の前には一座の中でも引き立つ妓《こ》がいて、その妓もゴルフをやるらしく、いっしょになってスコアの話をしていた。宴《うたげ》の終わりがけになって芸者を局長の前にずっとすわらせているのは、地元食品加工組合の副会長をしている柳下《やぎした》の差し金かもしれない。浅井はさっきからそれを考えていた。柳下はハムやソーセージの製造業者である。局長の反応を読んだら、柳下が会長の隣からさりげなく起《た》って、浅井に耳打ちするはずであった。

が、耳打ちにきたのは、この料亭の女中で、

「東京のお宅からお電話でございます」

とささやいた。

浅井はすぐには立たなかった。瞬間に立つのは隣の局長に失礼になる。前の膳から盃をわざわざ取って一口ふくんだ。局長のゴルフの話を聞いているふりをして、いま時分何だろうと電話の用件を考えていた。これまで出張旅行はずいぶんあるが、英子《えいこ》から電話がかかったことはほとんどなかった。家にはこの妻しかいない。出張が長いと、妻は実家から妹をよぶが、今度は五日間の出張だから、その妹が来ていた。

自宅からの夜の電話というのは、何となく気分のいいものでなかった。昼間はこっちがホテルを出ているので仕方がないのだが、めったにかけてこない英子が何を知らせによこしたのか。目下、思い当たるような相談事もなかった。

一分間ほどたって浅井は黙って座布団から膝《ひざ》を起こした。局長はこっちに後ろ首を見せて組合長と話している。前の芸者が立ち上がった浅井をちらりと見たが、すぐに局長に眼を戻した。二十七、八ぐらいの下ぶくれの顔で、局長が気に入りそうだった。

座敷の外に待っていた女中の案内で廊下を二つほど曲がった。電話室のガラス扉からはずされた受話器が横に置いてあるのが見えた。

「もしもし、ぼくだけど……」

浅井は言ったが、向こうの声が聞こえなかった。浅井の心臓が騒いだ。受話器にはまわりの声がはいっている。低くて何を話しているかわからないが、がやがや言っていた。そのうち、うっ、というような女の声が耳の間近で聞こえた。それだけで妻の妹の美弥子《みやこ》とわかった。言葉が受話器から出なかったのは、美弥子が嗚咽《おえつ》しているためだった。

「美弥ちゃん、どうした？」

浅井の語尾も少し慄《ふる》えていた。電話口に出ない英子に何かあったと直感した。

「姉さんが……」

あとがよくわからなかった。義妹は興奮していて、泣き声が笑い声のように聞こえた。

「…………」

死んだ、と言ったように耳にはいった。

「何？　何と言ったの？」

「死んだわ、急に死んだわ」

「死んだ、ほんとうか？」

電話室の後ろを女中が通った。ガラスのドアがぴったり閉まっているので、振り返りもしなかった。

「いつだ？」

義妹の嗚咽がひとしきり波のようにうねってきて言葉を掩《おお》った。

「三時間前……」

——三時間前に死んだのを今ごろ知らせる。三時間前にはこの料亭にはいったばかりだった。家を出るとき、英子と美弥子には日程とホテル名を表にしたのを置いてきているので、美弥子はホテルに電話してこの料亭に来ているのを知ったのだろう。それなら、もっと早く電話してきていいはずだった。

報《し》らせが遅いのを浅井は事故死だと思った。しかもそれは家の中ではない、外で死んだのだ。家の中だったら、すぐに電話がくる。たとえ病院に運んだとしても、もっと早く知らせてくる。

「交通事故か？」

と訊《き》いたときに、電話の声が替わった。

「わしだ。交通事故じゃないよ」

英子の父だった。八王子《はちおうじ》のほうにいる義父までがもう家に到着していた。

「心臓麻痺《まひ》だ。どうも突然のことだが」

七十歳の父親の声はおろおろして、咳《せき》がまじっていた。

「……英子は外に出ているとき、発作が起こって通りがかりの店にとびこんだらしい。その店から美弥子に電話がかかってきたので、美弥子がタクシーで行ってみたら、英子はもう駄目だった」

「わかりました。で、救急車はその倒れた店で呼んでくれたのですね？」

浅井は気持ちを整えるように努めて訊いた。

「救急車を呼ぶより、近所の二百メートルくらいのところに内科の医院があったから、そこの医者がすぐに来てくれた。そのときはもう脈がなかったそうだ」

英子は心臓が丈夫でなかった。二年前にも心筋梗塞《しんきんこうそく》の軽い発作を起こしたことがある。

「英子は？」

「一時間前に家に運んで戻った。君の居場所を、美弥子がホテルに問い合わせたりなどしたんで……」

報らせが遅かったと岳父は言訳した。美弥子の泣き声が受話器にはいっていた。ほかにも英子の弟がいるらしかった。

「君は何時の列車に乗るかね？」

「もう新幹線もありませんね。飛行機が間に合えばそれで帰ります。でなかったら、明日の朝東京に着く今夜の夜行に乗ります」

「待っている。なにしろ、とんだことになったが、君も……」

気持ちを落ち着けて帰ってくれと妻の父は言いたいようだったが、声がかすれた。死んだ娘のことよりも、とり乱して間違いを起こさないようにという婿への義理が最後にのぞいた。

浅井は電話室を出て、廊下を歩いている女中を呼びとめた。

「これから東京行きに間に合う飛行機があるかね？」

女中は紫色の袖《そで》をめくって小さな時計を見た。

「九時十分前でございますね。九時半が最終ですから、今から伊丹《いたみ》では間に合わないと思いますけど」

料亭では東京行きの客も多いので、旅客機の最終時間を暗記していた。

「おや、これから東京にお帰りでございますか？」

「うん。急行だと何時がある？」

「三ノ宮《さんのみや》発の十時五分がございます。東京には明朝の九時半ごろに着くそうでございます」

「それにしよう。車を呼んでおいてくれ」

「おひとりさまで？」

「そう、ぼく一人だ。急用ができたんでね」

廊下を戻りながら、局長の世話は副会長に依頼しようと思った。本省から交替の者を呼ぶわけにもゆかず、あと二日間の視察旅行を局長がひとりでしなければならない。威厳を張る局長としては、お供がいないのが寂しかろう。広島の食糧事務所から人を出して代わりにするか。しかし本省からの事務官でないので、局長も業者に肩身が狭いだろう。──妻の急死という動転の中に、浅井はそんなことを考えていた。

宴会場に戻ると、一同は飯《めし》になっていた。局長は鯛茶《たいちゃ》の湯漬けをかきこんでいた。まん前の芸者が世話している。彼女は、局長に会釈してすわった浅井に、鯛茶にするかふつうのご飯にするかと訊いた。

浅井の中座が長かったので、局長の横顔は少し不機嫌そうだった。浅井はどんなふうに局長に切り出したものか、鯛茶の熱い茶碗を指先で抱えながら考えていた。あんまりゆっくりもしていられない。美弥子の泣き声が耳に戻っていた。

浅井はせっかく抱えたばかりの茶碗を膳《ぜん》の上に置き、すわり直して局長にいざり寄った。

「局長、たいへん申し訳ないことですが」

彼は耳もとにささやいた。

局長は、うん？　といった表情で顔をこっちに少しかしげた。

「この場のみんなに知れないようにしたいのですが……」

一同は酒のときほどではないが、雑談をしていた。

「たった今、東京の自宅から電話がございました。実は、家内が急に死んだと知らせてまいりました」

死んだ、というのが一語だけではわからなかったらしく、局長は疑うように耳を傾けた。

「心臓麻痺で、三時間前に」

病名を言ったので、局長に通じた。局長は急に眼を大きく開き、茶碗を膳の上におろした。ぐるりと皆を見回してから、浅井の顔を見据えた。

「ほんとうかね、そりゃ……」

さすがに低いが抑えた声だった。

「はあ、家内の父親と妹とがそう知らせてまいりました」

浅井は蚊の鳴くような声で言った。

「寝ておられたのかね、奥さんは？」

局長も彼の声に合わせた。

「いえ、ずっと元気でした。なんですか外出中にその発作が起こって、通りがかりの店にとびこんだが、すぐに駄目になったそうです」

「そりゃア……」

皆に知れないようにと浅井が前もって言っているので、局長はわずかに頭を下げた。不機嫌そうだった顔がたちまち同情と緊張に変わっていた。

「そりゃ、すぐに東京に帰りなさい」

局長は小さな声で命じた。

「はあ。どうも、お役目を果たすことができなくなりまして、申し訳ないことに……」

「そんなことを言っちゃいられない。ええと……」

局長はちらりと腕時計を見た。

「飛行機はもう終わってるな」

「はあ」

「列車は何時のがある？」

「さっき女中に訊きましたら、十時五分のがあるそうでございます」

「それでもあまり時間がないね。ここはいいからすぐに発《た》ちたまえ」

「ありがとうございます。どうも私事《わたくしごと》で局長にご迷惑をおかけして」

「ほかのことじゃないよ、君。それどころじゃない」

食品加工業者の代表たちは飯を食べたり茶を飲んだりしていたが、それとなく二人の密語の姿に眼を投げていた。局長の前の芸者は気を利《き》かして、横の朋輩《ほうばい》と小さく話していた。

「はい。申し訳ございません」

「ぼくも帰京したら、ご仏前に伺うけど」

「いえ、もう、それは。……ありがとうございますが、局長はお忙しいのですから」

「とにかく、早くここを発ちなさい。君が出て行ってから、機会を見てぼくが皆さんにお知らせする」

「局長、それではあまりなんでございますから、わたしが柳下副会長をこれから廊下に連れ出して事情を言い、柳下君の口から皆さんに伝えてもらうことにいたします」

「そうかね」

局長も、部下の家庭的な不幸を自分の口から先に言いたくないのか、それには同意した。

「それから、局長のこれから先のことでございますが、広島のご視察には食糧事務所の庶務課長にでもお供させましょうか。それでよろしゅうございましたら、柳下君にすぐに手配させますが」

「そんなことを君がもう気にせんでもいいよ。ぼくがいいようにやる」

「でも、あとの手配を済ませておきませんと……」

「かまわんから、早く行きなさい。ホテルに置いた荷物も取るのだろう?」

「はあ。……では、申し訳ございませんが、わたしはこれで失礼させていただきます」

やはり様子が変わって見えたのであろう、浅井が座布団の上に立ったときは、いならぶ三十人ばかりの眼がこっちに集まっていた。

浅井は、眼顔で柳下副会長を呼び、廊下に出た。柳下はすぐに追ってきた。事情を打ち明けられて、柳下はびっくりしていた。時間がないので、玄関のほうに歩きながらの会話である。

「どうも中座から帰られて局長とのヒソヒソ話の様子がおかしいとは思いましたけど、まさかそんなえらいことが起こったとは知りまへんでした。どないに申し上げてええやら……」

柳下は禿《は》げた頭を深々と下げた。

「ありがとう。どうもぼくもびっくりしてる」

「そうでっしゃろ、そうでっしゃろ。まるで夢みたいなことですなア。ぼくからみんなに言ったら、みんな、びっくりしますわ」

「あの席で不祝儀なことを皆さんに言うのは遠慮したのだが、君も、適当な折りに言ってください」

「わかりました。そやけど、係長さん、そこまで遠慮せんかてよろしですがな。みんな係長さんとは前からの顔馴染《なじみ》で内輪みたいなもんですさかいな。そら、ぼくからあんじょうには伝えますけど」

「それからお願いついでだけど、ぼくが帰ると、あとは局長ひとりの旅になる。世話する者がいない。本省から呼ぶには間に合わないから、明日の朝、広島食糧事務所の庶務課長に電話して、課長が駅に迎えにきて、そのままずっとぼくの代わりに、最後まで局長のお供をするように言ってくれませんか」

「へえ、わかりました。そないにします。……そやけど、係長さん、こんな際に、そこまで気ィ遣わんかてよろしがな」

柳下は気の毒そうに言った。

「いやいや、ぼくの責任だから、申し送りだけはちゃんとしておかないとね。私事に紛れていいかげんにしたと思われても困る」

「私事いうたかて、奥さんが亡くならはったんですがな。ほかのことと違いますがな」

「まあ、それでも、けじめだけはつけておかないとね。局長はあれで一人になると寂しいんだから。やっぱりね、一人じゃ局長として格好がつかないからね」

「そら、ま、そうだすけど……」

「とにかく、お願いしますよ」

「へえ、承知しました。安心して一路お帰りください」

浅井は歩いている足をちょっと停め、柳下の耳の傍に寄った。

「……局長の前にすわっていた妓《こ》ね、局長と恋愛が成立しそうかね？」

その世話がさも気がかりげだったので、

「係長さん、こんな際に、そないなことまで気ィ遣いなはるのんか」

と柳下は呆《あき》れ顔だった。

——浅井が自分を完全に回復したのは、ようやく間に合った夜行列車の中だった。眠れないままで揺られているうち、

（英子は発作が起こったとき、どこを歩いていたのだろう？）

と思った。電話ではこれを聞くのを忘れていた。

2

浅井は、妻の葬式を済ませ、初七日の法要も営んだ。これが終わると家の中は急に閑散となる。親戚《しんせき》が集まることも当分はない。あとは一周忌だが、一年先に英子の縁族がどれ

だけ集まるかは疑問であった。子がないので、縁が切れたも同然だ。

浅井と英子の夫婦生活は七年間だった。浅井が先妻を亡くした翌年の三十五歳のとき、八つ年下の英子がきた。二十七歳の英子は初婚だった。仲人の話では、早くからあった縁談を選《え》り好みしているうちに何となく縁遠くなったというが、見合いの席で初めて英子を見たとき、そのとおりだろうと浅井は思った。英子はそれほどの器量ではないが、明るい顔で、愛嬌《あいきょう》があった。

浅井は先妻が醜かったせいもあって、仲人に熱心に英子を望んだ。先方の承諾がなかなかこなかったのは、英子のほうで二の足を踏んでいたらしい。向こうは嫁《ゆ》き遅れ気味かもしれないが、こっちは再婚というひけ目があった。それに浅井は自分の顔に自信がなく、若いときから女に好かれたことがなかった。わずかに恃《たの》むのは公務員という安定した生活だが、これとても安月給である。

そんなことで、ずいぶん気を揉《も》んだあげくに英子を迎え入れることができた。もちろん浅井は英子を愛した。再婚の経験から、どうしても二度目の妻が稚《おさな》くみえて、愛するというよりも可愛がるといった気持ちが強くなる。八つ年下だが、十にも十二、三にも違ってみえる。

英子は、そういう夫の感情に馴《な》れて、夫を愛するというよりは甘えるといった気持ちのようであった。それでかなりなわがままも出た。疲れたといって二日も三日も家のことは何もせず横になっていることも珍しくない。そんなとき、浅井は叱りもせず、自分で炊事もするし、掃除もする、市場の買物にも出かける。

疲れたといっているときの英子は浅井を寄せつけなかった。もともと英子は夜の交わりには淡泊であった。といって夫に愛情がないのではなく、そういうことに積極的でないだけだった。浅井には多少不満だが、可愛い妻であることに変わりはなかった。

英子は人には愛想がよかったし、交際好きであった。その点は家にいて黙りがちなのとよほど違っていた。内面と外面が違うのだと浅井は思っていた。もっとも夫婦だけでは家にいても退屈に違いない。英子は外出となるといきいきとするのだった。

つき合いは、多くは若いときからの女友だちで、それから派生した女の知人もあった。はじめはその仲間と小唄をやっていたが、いつとはなしにやめると、三味線になり、それがすたると日本画となった。最近は俳句をやっていて、杉並のほうにいる俳人のもとに出入りしていた。そこへは女友だちの弟子に連れて行かれたのがきっかけだった。あきっぽいということもあるが、何か単調を嫌っていた。

さいわい俳句のほうは長つづきがしていて、二年たったがまだやめなかった。彼女には多少の才能があって、その作った句が先生や俳句仲間にほめられた。機関誌のような薄い同人誌があって、ときどき上位に載せられた。三味線でも日本画でも師匠がほめるだけだが、俳句のほうは雑誌に発表されるので、彼女もやり甲斐《がい》を感じたらしい。下位だと悄《しょ》げ、上位だと喜ぶ。仲間のだれかれの成績と比較して愉《たの》しんでいた。彼女の机のまわりから日本画の絵具や筆が片づけられ、句集や歳時記などが積まれるようになってから久しい。

俳句をつくる女性は、年配の人か、ずっと若い人かが多いらしかった。英子のように三十半ばの世代は子供が二人か三人はいる主婦で、家が容易にあけられないらしく、その年齢の女性で句会などに出るのは英子とその友だちの三、四人程度らしかった。
二、三年ぐらい前から英子は浅井に、
(ねえ、わたし、色気があるのかしら?)

と訊《き》いた。それが他の者から言われたらしいので、問い返すと、

(俳句で来ているひとがね、浅井さんには色気が滲《にじ》み出ている、下品なんじゃなくて上品な色気がと言うのよ)

と、にこにこしていた。

(それは男か、女か?)

その俳句の結社には男が女より圧倒的に多かった。

(もちろん、女性よ。わたし、男のひととは俳句のこと以外にはあんまり口をきかないの。だから、個人的に気やすげにものを言ってくるひとはいないわ。女のひとがそう言うのよ。女がそう感じるんだから、きっと男のひとの眼にもそう映ってるに違いないって)

始終いっしょにいるとあまりわからないが、英子にそう言われてみると、気がつくのだ。

たしかに、身体に残っていた硬い線が除《と》れて柔軟さに変わっていた。もとから愛嬌のあるほうだったが、三十を越し、その半ばに近づくと成熟が色気に移ってくるのであろう。

（いやね、今日、句会で遇《あ》った奥さんが、いままで、わたしを素人じゃないと思っていたんですって。わたしの友だちから聞いてほんとのことがわかって意外だったと言ってらしたわ。そんなふうに見られちゃ困るわ。この次からもっと地味なものを着て行くわ）

いくら地味な服装《なり》をしても消えるものではなかろう。かえって抑えられた色気がよけいに出るものである。それは服装には関係のない、身体つきのものなのだ。人には愛想のいい英子は、前からしぐさが少し派手気味だったが、今度はそれが嬌態《しな》のように見えてきた。実際、ちょっとした手つき、立居振舞いの瞬間に、夫の浅井ですらそれを感じたものだった。

三十女の身体に媚態《びたい》があらわれるのは、いわゆる年増ざかりの言葉があるように、自然な身体の変化だと浅井は思っていた。浅井がいつか同僚と飲んでいるときにその話が出て、それは自然の条件ではなく、たぶんに人為的な条件によるのだと同僚の一人が言った。そこにいる他の者もそれに賛成し、年増ざかりの色気というのは爛熟《らんじゆく》であって、それは人為的に達成されるものだと述べた。この場合の人為的の意味が何かはわかる。

しかし、浅井は実感としてそれに同意しかねた。英子との夜の交渉は、彼女の身体つきを「人為的」に変化させるほど頻繁でもなく、耽溺《たんでき》も深くはなかった。同僚のあけすけな話に出てくることだが、度合も彼らの十分の一であった。連中の言うのが一般的だとすると、その標準には遥《はる》かに達しなかった。英子がその興味を持ってなかったのである。

悪いことに、二年前に英子は心臓の発作を起こした。急に襲った胸の痛みと不安とで、彼女は真蒼《まつさお》になって顔から脂汗を流した。医師の手当てで大事に至らずに回復したが、軽度の心筋梗塞《しんきんこうそく》があると診断された。一週間ほど入院して安静をとったが、それからは浅井が傍にくるのを妻はよけいに好まなくなった。心筋梗塞の発作は二度目が危ないというのを、家庭医学書か何かで読んだらしく用心深くなった。心をつねに平静に保ち、衝撃《ショック》を避けることが大事だと言った。俳句に変わったのもその理由があった。

医者は、用心に越したことはないが、医学書に書いてあるのは、いわば教科書であって、実際はそんなにきびしく守らなくともいい。奥さんのは心筋梗塞といっても軽度だから気軽に考えたほうがよい。むしろ神経質になるのがよくないと言った。

神経的な緊張感はたしかによくない。それで英子は俳句に遊ぶ気持ちになったというのだが、それは精神上のこと、肉体的なことでは以前からの淡泊さに用心が加わった。

そういうことで、人為的なものが中年女の性的魅力を開くという意見には、浅井はどうも従えなかった。それはあまり関係ないことで、女の身体というのは、年齢的なすすみによる生活条件から、ひとりでに微妙な変化を遂げると考えたほうが正しいのではないかと思っていた。しかし、この意見は他人には開陳できなかった。言うとすれば、自分たちの夫婦生活のことを吐かねばならない。でないと、そう信じ切っている相手を説得することはできなかった。そうまでして閨房《けいぼう》のことを明かす必要はない。で、そんな話が出ると浅井は心では不同意だが、顔では反対しなかった。

奇妙なもので、個人差もあるだろうが、浅井の場合は、妻がそんな調子だったので、自然と自分の身体まで適応するというのか、それほど強い欲望を持つということもなくて過ごした。その不満を金で他の場所で充足させるとか、浮気をするとかいったような気持はあまり起こらなかった。それが英子との生活の馴れだったのだろう。

馴れという以外に、浅井の場合は二つの要素があった。一つは、彼がひどく金銭を大切にする性格だったことだ。彼は何よりも生活を安定させるには金が第一と心得、資産がないのは転落の淵《ふち》に立っているにひとしいと思っていた。それは過去が貧乏で苦学しながらやっと私立大学を出た経験からきている。商売女とのわずかな時間に高い金を支払うのは惜しかった。以前と違ってそうした女を特別な区域で簡単に求めるというわけにはゆかない。伝手《つて》が必要なのである。でなかったら、飲み屋に少なくとも三、四回は通って、そこにいる女を口説くとか、世話を頼むしかない。面倒な上に時間と金の浪費だった。若いときならいざ知らず、四十面《づら》をさげてみっともない話である。もし、役所関係の若い者が見たら、何といってあざ笑うだろう。出世にも疵《きず》がつく。

本省の係長というのが浅井のひそかな誇りで、そのために私行上、あまりおもしろくない真似《まね》はしたくなかった。私行上のつまらないことで上司から睨《にら》まれて出世のとまった者も少なくないし、役所を辞めた人間もいる。彼らのほとんどはその後いい境遇を得ていない。

もっとも役所が必ずしも快適というわけではなかった。しかし、不満不平を必要以上に持つことはもうやめていた。有資格者《キャリア》という名で呼ばれているエリートたちにはずいぶんと腹を立てたものだが、所詮《しょせん》は日本の官僚制度が不合理なのである。制度に憤るのだったら辞めてゆくことしかない。制度に反抗したところで蟷螂《とうろう》の斧《おの》だ。

そんな無駄な抵抗をするよりは、自分なりの出世を考えることにした。心がけしだいでは、課長まではりっぱにゆける。同じ履歴の者で部長に昇進した者もある。非常に少ない例だが、局長になった人もいた。

そこまでは高望みしないが、とにかく停年がくる前には課長になりたいものだと思った。そのため浅井は仕事に精励した。実務のエキスパートになることが第一である。これはエリートの局長も課長もかなわない。有資格者に対抗するにはこれしかなかった。

対抗といってもまともに対立するのではない。実務の上で彼らから「頼られる」存在になることだ。エリートたちは出世の階段として腰掛け程度でやってくる。窓口行政といわれる実務のことはほとんど何もわかっちゃいない。当人たちも腰掛けのつもりだから詳しいことをおぼえようともしない。大綱を握ったつもりで、子細げにめくら判を捺《お》している。

てそうしたのではない。彼は、同じエリートの上司でも、将来出世しそうな者と、そうでない者とを敏感に嗅《か》ぎ分けた。それは経験による直感でもあったが、客観的なデータにも拠《よ》った。

浅井は、あまり出世の見込みのない上司にも柔順なところは見せるけれど、心からの奉仕はしなかった。限度以上のことはしない。そうして、その上司が当惑することにひそかな期待を持った。それが意地悪だとはっきり気づかれては困るから、そこはうまくやった。それがひそかな鬱憤《うっぷん》晴らしになる。

が、どんなに平凡な上司でも、出世コースにある人の場合は別である。浅井はそういう人には誠心誠意をもって仕えた。その上司の仕事がしやすいように、ときには上司の手柄になるようにしむけた。その課長が部長に、部長が局長となって、もう一度彼の直接上司として戻ってきたときは必ず酬《むく》いてくれるだろうと思った。地位の昇進はもちろん収入増につながるし、退職金も恩給の額も違ってくる。

浅井の精力は役所の仕事に傾いていたから、英子との夫婦関係が淡泊でも、それほど不満はなかった。結婚当初からのことだし、近ごろは心臓の病気をもっている。いたわることに彼は馴《な》れていた。

……その妻が急死して、浅井は葬式が済むまで自分を失った。

遺体を柩《ひつぎ》に納めるときは慟哭《どうこく》し、焼場の火の窓に柩をさし入れるときなど、英子の父親がうしろから引きはなすほど未練を持った。気に入った妻を失った世の夫の悲嘆はみなこうなのかと、浅井は泪《なみだ》を流しながら思った。自分だけが特別なのではないか。しかし、日ごろから、自分でも感情をたかぶらせる性質ではないと思っているだけに、この慟哭が一時の興奮からくるとは思えなかった。

すると、やはり英子を愛していたのだ。七年間の夫婦生活は濃密とはいえなかったが、彼女に死なれてみると、その愛情がよくわかった。こちらは年上で世間に通じていたから、英子を何かと稚妻《おさな》扱いにすることが多かったが、やっぱり対等の夫婦であったという意識が強く揺り戻ってきた。

――そんな気持ちのつづく初七日から三日目、英子の妹の美弥子が来た。その日は日曜日だった。美弥子の亭主は石油会社の技術員で、開発事業の調査のため外国に二か月間の予定で行っていた。帰るまで実家に戻っているのだが、浅井が出張のときは英子が呼ぶと家に来て泊まってくれていた。英子が死んだときも家に来て留守をしてくれていた。

「お義兄《にい》さま。お寂しいでしょう?」

仏前に線香をあげたあと、美弥子は、遠慮深そうに浅井の前にすわった。英子より三つ下だった。

「まだ死んだという実感がないね。英子が息を引きとるところを見たわけではなし、それに、家で死んだのじゃないから」

浅井は思ったままを言った。

……この妹が、電話で英子の死を知らせたときは神戸の宴会の席だった。それも報《し》らせの内容と、その場の雰囲気とがすぐには結びつかなかった。白石局長の随行で気が張っていた。というのは白石局長が出世の本命なのかどうか浅井にもまだよくわからなかった。その閨閥《けいばつ》はとくに省の人事とは関係がなかったが、有力な政治家とコネができているという噂もある。次官までゆくという者もあれば、途中適当なところでよその天下りに出てゆくという者もあって、はっきりしない。浅井は、あまり油断してはいけないと気をつけていたから、緊張していた。それに白石局長は、坊っちゃん育ちでぼんやりとしているが、感情家と聞いていたので、よけいに気をつかったものだ。

あの宴会は阪神の食品加工業者の招待で、いわば仕事の一つであった。賑《にぎ》やかで、みんなが局長の前に出て盃《さかずき》をもらっていた。局長の前には下ぶくれの妓《こ》がすわっていた。電話からその席に戻って、報らせのほうが逆に宙に浮いたものだった。――そういうことも、英子が死んだという実感を遠ざけていた。

「お義兄さま、そのことですけれど、お姉さまが亡くなったとき、お世話になった代々木の化粧品屋さんね。初七日も過ぎたことですから、ご挨拶《あいさつ》に行っていただけませんか?」

美弥子が言った。

「ああ、そうだったね。気にかけていたが、とりまぎれていた。それじゃ、これからでも、何かお礼を持って伺おう」

「お葬式にも来ていただきましたわ。お香典もいただいてるんです。あとで包みを開けたら、五千円もはいってましたわ。さんざんご迷惑をかけているのに……。お香典のこと、お義兄さまに申し上げたでしょう？」

「そうだった、聞いた憶《おぼ》えがある。これから美弥ちゃんに、代々木のその化粧品屋さんまで案内してもらおう」

英子が駆け込んで死んだのは小さな化粧品店だった。代々木の山谷《さんや》にあるというのである。

3

代々木一帯はオリンピックのとき新しい道路ができて以来変容しているが、それでも主要道路をちょっとはずれると、以前の状態は残っている。とくに高低の多いあたりは岸田《きしだ》劉生《りゅうせい》が絵にした「切通《きりとお》しの写生」の面影がある。むろん絵にある急坂に盛り上がったデコボコの赤土道は今は白い舗装となり、野生の草一本見ることはできないが、両側の石垣だけは築き直されてつづいている。絵にあった石垣上の空地は、宏壮《こうそう》な屋敷やマンションが建ち、大正期の初めに代々木山谷に住んだ劉生の愛した荒涼とした新開地は高級住宅区域となっている。

その「切通し」にかかる手前だが、そうした高級住宅相手の商売にふさわしい上品な店がぼつぼつならんでいる道を、浅井恒雄は亡妻の妹の美弥子とならんで歩いていた。三月半ばの天気のいい午後で、襟巻の首筋に汗がにじむくらいである。

上り坂になると石垣の屋敷がだんだんふえてくる。家は大きいがこの辺は戦災で焼けてないのでわりと古く、その間に新しい家屋やマンションがある。

「小さな化粧品屋さんなんです。こういう屋敷町にぽつんとはさまってるから、一回来たくらいではわからないくらい。たしかお隣が大きな欅《けやき》の木のあるお家だったと思います」

案内役の美弥子は、果物籠《かご》の包みを持ち、浅井より一足先を歩いていた。

「あそこです」

美弥子が指さしたのは、道の曲がった先に高く見える欅だった。梢《こずえ》は新芽がふいて、枝がうっすらと青くなっている。

道を曲がると、欅の屋敷がすっかり眼にはいった。低い石垣の上が高い竹垣になって百二十メートルぐらいつづいている。垣の下にはツツジをならべ、上からは常緑樹の頭が出ていた。高い欅はその庭の隅にある。短い石段の上が冠木門《かぶきもん》、それに「久保《くぼ》」という標札がかかっている。標札も門も竹垣も、それから一部見えている二階家も古い。このへんはこういう住宅が多いのである。

美弥子が足をとめたのはその向こう隣で、間口二、三メートルぐらい、二階の表は化粧品名の大きな看板でかくれていた。看板の隅には「高橋化粧品店」と書いてある。小さいが、商品が華やかなので、店つきは派手にみえた。

ここですよ、というように美弥子が浅井を見かえり、うすいグレーのコートを脱いだ。下も同色のスーツを着ている。

その店の向こう隣に眼をやると、これは洋式建築で、勾配《こうばい》を利用したガレージがあり、最近の住宅だった。前はしゃれた鉄柵《てっさく》で中に芝生の前庭があり、日本式の石組みもある。標札の「堀《ほり》」という字がちらりと見えた。

浅井は美弥子のうしろで自分も黒のオーバーを脱ぎ、あとに従った。店の中が狭いので、二人ならんではいれなかった。

三十七、八ぐらいの、白いうわっ張りを着た丸顔の女が、さきにはいってきた美弥子を見て、おや、という眼をして軽く微笑した。眼の大きい、唇の厚い女で、顔は商品見本のように真白に化粧していた。やや背の低い、肉づきのいい体格だった。

「その節はいろいろと……また、告別式にはわざわざお越しいただいて、ご丁重なご霊前を頂戴《ちょうだい》しまして……」

美弥子は女主人に礼を述べたが、挨拶を短く切り上げたのは、横に義兄が待っているからだ。

「これが亡くなった姉の連れ合いでございます。遅くなりましたが、今日はお礼に伺わせていただきました」

美弥子が一歩退いただけ浅井は前に出た。

「浅井と申します」

名刺を丁寧にさし出して頭を深く下げた。

「このたびは、家内がたいへんご迷惑をおかけいたしまして、なんともお詫《わ》びの申しようもないしだいです。もっと早くお詫びやら、お礼やらを申し上げに伺わねばならなかったのでございますが、なにぶん突然のことで、葬儀もあわただしく営んだようなしだいでして。……それに初七日まではご遠慮申し上げておりました。……そんなわけで、お礼に出ますのがたいへん遅れましたが……」

「ほんとにご愁傷《しゅうしょう》さまでした。……そうですか、もう初七日を過ぎましたか。なんだかわたくしまで夢みたいな気がいたしますから、あなたさまはさぞかし……」

類型的だが、礼儀のこもった挨拶がかわされた。浅井は持参の果物籠と、一万円札三枚を入れた封筒をガラスの陳列棚《ケース》の上に載せた。

「あら、そんなことをなさっては困りますわ」

化粧品店の女主人はあわてたように封筒を指で押し返した。

「いいえ、どうぞ、わたくしどものお詫びのしるしでございます。ずいぶんご迷惑をおかけして心苦しいので、これだけはぜひお納めを……」

義妹もいっしょに腰をかがめた。

「いいえ、ああいう急な場合はお互いさまでございますよ。なんにもお世話というお世話ができませんで。それに、お元気になられたのなら結構ですが、あんな悲しいことにおなりになられたのですから」

女店主は辞退をつづけた。

「でも、わたくしどもはそういうわけにはまいりません。姉がああいう状態になって車で自分の家に帰るまでは、こちらさまにはご商売をお休みさせてしまったんですもの」

美弥子が恐縮して言った。

「いいえ、商売といっても、こんなふうにあまり忙しいというわけでもありませんので、二、三時間くらい表のカーテンを閉めたところで、少しも影響はございません」

彼女は気がついたように、

「まあ、こんなところにお立たせして申し訳ありません。なにぶんにもちいちゃな店ですので、狭いところでございますが、どうぞこちらに……」

と、店の奥に招じた。宙に浮いたガラス棚の上の三万円入りの封筒は、とりあえず美弥子が預かった。

いろいろな陳列ケースがあったが、それを仕切りのようにした奥に、四人がやっと掛ける程度の応接セットが置かれてあった。表からの光線が遮られてうす暗いが、女主人は天井の電灯をつけた。

ふつうなら浅井も店先の挨拶《あいさつ》だけで辞去するところだが、妻の英子がこの店にとびこんだときの様子や、息を引きとるときの模様を聞きたかったので、美弥子とならんで椅子に腰かけた。だいたいはこの義妹から伝えられているのだが、今度は直接に聞きたかった。それが世話になった人への礼儀でもあった。

女主人はいったん姿を消した。茶の用意でもしているらしかった。この家にはほかに家族はいないのだろうか。小さな店だから店員を雇う余裕もないのだろうけれど、場所がら化粧品は高級品が多いようだ、などと浅井はそこに貼られた有名化粧品の宣伝ポスターを眺めて、考えるともなく思っていた。

そこに女店主がやはり白いうわっ張りを着たままで、紅茶茶碗を三つ銀色の盆に載せてはいってきた。

「どうも、お忙しいところをおじゃまして恐れ入ります。どうぞおかまいなく……」

美弥子が腰を浮かして頭をさげた。

「いいえ、こういうところですから、何もおかまいできませんで……」

女店主は浅井の前に紅茶を置いてから、自分の名刺をさし出した。右肩に特約の化粧品会社名が二つならんでいるが、高価な化粧品で知られている会社名である。中央に《高橋化粧品店》、左に《高橋千代子》、それに住所、電話番号の小さな活字がならんでいた。家族の有無まではわからない。

その高橋千代子は大きな眼で浅井恒雄の名刺をいただくようにして活字を眺め、テーブルの自分の前に置いた。農林省食糧課第二係長の肩書を読んだはずだが、何も言わず、つつしみ深い顔でいた。浅井は紅茶に砂糖を入れ、浮いたレモンをスプーンの先で少しつぶし、一口すってから話を切り出した。

「あの、義妹《いもうと》からおよそのことは聞いたのですが、こちらさまに家内がお寄りして、ご迷惑をおかけしたしだいを簡単にうけたまわらせていただくと、ありがたいんでございますが……」

「はい。それはもう、旦那《だんな》さまに申し上げないと、亡くなられました奥さまにも申し訳がございません」

高橋千代子は肥《ふと》り気味の顔をちょっと引いてから厚い唇を開いた。——厚い唇だが化粧が上手なせいか、それほどには目立たず、どこか魅力的でさえあった。

「あれは、三月七日でございましたね、金曜日でしたわ。午後四時ごろでしたか、わたくしがこうしてお店の奥におりますと、表から奥さまがすうっとおはいりになったのでございます。わたくしはお客さまだと思って、いらっしゃいませ、と言って、あの陳列棚《ケース》のところ、さきほどお二人をお迎えしたあの場所に出ますと、奥さまはわたくしの前に黙ったまま立ってらっしゃるのです。それで、わたくしが何をお見せしましょうかとお訊《たず》ねすると、奥さまは、まだ無言で立ってらっしゃるんですね。そのときは心臓の発作の苦しさを抑えるだけで、口がおきけになれなかったのでございますね。奥さまは、前の道を歩いてらして……」

「あの、それはどっちのほうから？」

浅井が急に口をはさんだので、高橋千代子は少し話の腰を折られた格好でとまどった顔になったが、すぐに、

「あの、左のほうから歩いていらっしゃいました」

手で方向を示すようにした。この家の中からいって左側は浅井と美弥子が来た方角だから、それほど急ではないが上り坂になっている。心臓障害を持っている人間に上り坂はよくなかった、と浅井は思った。

が、それだけのせいではなかろう、発作は起こるときだったのだ。

「ああそうですか。途中で済みません。どうぞ」

あとを聞かせてくれというように、浅井は高橋千代子に会釈した。

「そんなふうに奥さまは歩いていらっしゃるときに、急に気分が悪くなられたのですね。でも、女性ですから、道で倒れてはいけない、倒れてはみっともない、という意識で苦しさをこらえて、眼についた店にはいられたと思います。ごらんのように、このご近所は大

きなお家ばかりで、お店といえば、わたくしのとこだけでございますから。それに化粧品店というのもちょうど都合よく、奥さまは一も二もなくはいって来られたと思います」

それはそうだったにちがいない。危急のときはどんな店でもとびこむよりないが、女ものを売る店というので、英子は安心したにちがいなかった。

「わたくしも、ふっと奥さまの変わった様子に気がつきまして、どうなさいましたかと言って近づきますと、奥さまはハンドバッグをわたくしのほうにつき出すようにして渡し、指さされました。その中を開けると、自分の身もとがわかるから、そこに連絡してくれ、という意味だったんでございますね。あとで開けましたら中に手帳がございました。それに住所とお名前がついていました」

英子の俳句の手帳のことだった。俳句をやるようになってから、外出時の妻は絶えず手帳をハンドバッグに入れていた。浅井も家に連れ帰られていた英子の遺体の傍で、彼女の父親からハンドバッグごと渡されて見ていた。

「でも、そのときは、わたくしは気がつきませんで、それよりも奥さまが急に胸を両手で押さえてしゃがみこんでしまわれたので、後ろからお抱きすることで気持ちがいっぱいでございました。なにぶんにもわたくしもあわてておりました」

美弥子がハンカチで顔を押さえた。

「奥さまの真蒼《まつさお》なお顔にわたくしも気がつきまして、とにかく抱きかかえるようにして店の奥、そこはわたくしの居間になっておりますけど、その畳の部屋にお上げしました。でも、そのときは奥さまはお倒れになったきりで、たいへんなお苦しみようでした。わたくしは一人ですし、どうしていいかわからず、動転しておりますと、ちょうど、そこにご近所の女子大生のお嬢さまが化粧品を買いにいらしたので、大浜《おおはま》先生に……この五軒先を右にはいったところの内科の医院ですが、そこへお嬢さんにすぐ走っていただいたのでございます」

それからあとの話は、浅井が美弥子から聞いていたとおりであった。ほどなく大浜医師が駆けつけてきたときは、すでに英子はこと切れていた。高橋千代子は、身もとのわかるものはないかとハンドバッグを開けると手帳が出てきた。それで住所と名前はわかったが、電話番号が書いてない。電話番号帳には浅井英子の名前はなかった。それは夫の名で出ているからだ。

電話番号帳には住所が載っているから、手帳の住所と照合すれば、多い「浅井」のどれだかがわかるのだが、あわてている化粧品店の女店主はそこまで考えがつかなかった。

ようやく手帳に知人らしい名と電話番号が書いてあるのを見て、そこに電話した。それが杉並の堀《ほり》ノ内《うち》にいる俳句の先生だった。俳句の先生はすぐに英子の家に電話し、それを美弥子が受けたのだが、そんなことで、英子の死が知らされるまではかなり時間がかかった。

高橋千代子が四十分ばかりかけて言った話で、浅井にもはっきりと英子の死亡時の様子や事情がわかった。

「伺えば伺うほど、ご迷惑をおかけしまして」

浅井は高橋千代子にあらためて頭をさげた。

「ちょうど、折り悪《あ》しくぼくが神戸のほうに出張しておりましたものですから……」

「そうだそうでございますね。報《し》らせをお聞きになったときは、さぞびっくりなさいましたでしょう？」

「はあ、それは、もう……」

「そうでしょうとも、突然でございますものね。あの、奥さまは前から、ご病気だったんですか？」

「病気というか、その症状はあったのですが、非常に軽度で、本人も日ごろはほとんど意識しなかったのです。それで元気で歩き回っていたのですが」

「お気の毒ですわ」

それから美弥子がもう一度礼に持ってきた三万円入りの封筒をさし出して、さらに高橋千代子と浅井の間にやりとりがくり返され、ようやくのことでそれを相手に受け取ってもらえた。

「ご丁寧に、恐れ入りました」

高橋千代子はおじぎをした。

この間、客は一人もはいってこず、また、家の中に人がいる気配はなかった。英子が駆けこんだときも高橋千代子はひとりでどうしていいかわからず、化粧品を買いにきた近所の娘さんに医者に走ってもらったというから、彼女はいつもひとりでいるようだった。美弥子も、父親といっしょに死んだ英子を車で迎えにきたとき、ほかに家族らしい人はいなかった、と言っていた。

浅井がオーバーを脇に抱えて出ようとするのを、高橋千代子は無理にとめて、彼女がそれをかけてくれた。いい香水がすぐ後ろからかすかに匂ってきたのは商売がらであった。

「このご近所はいいお家ばかりのようですね」

高橋千代子のまんまるい黒い瞳《ひとみ》から視線を逸《そ》らして、浅井はなんとなく言った。

「はい。わたくしのところだけが小さな店で」

高橋千代子は初めて微笑したが、白い化粧の下から眼尻《めじり》の小皺《こじわ》が浮かんだ。

「でも、高級品ばかりのようですが、やっぱりご近所のご家庭むきなんですのね、さっきからそう思って拝見していました」

美弥子が言った。

「はい。まあ、そういうつもりではございますが」

最後の丁寧な挨拶《あいさつ》をかわして浅井は店を出た。

「あら、お義兄《にい》さま、こっちですよ」

浅井が道を反対方角に上りはじめたので、美弥子が注意した。

「そうだけど、少し、この道を回って歩いてみよう。いい家が多いようだから」

りっぱな住宅のある、静かな街を歩くのは気分が落ち着く。家を眺めながらひと回りしてみたいと浅井は義妹に言った。

化粧品店の隣の堀という文化住宅の隣は、前栽《せんざい》に松がある和風の家で「石田」の標札が出ていた。道を隔てた前の家のコンクリート塀の中から竹が伸びていて、「小林」の門標が掲げてあった。

歩いている浅井の眼が坂道の上に向いたとき、「たちばな荘」と読めるネオン看板が高いところに映った。

4

美弥子といっしょに坂道を上りながら浅井は考えた。英子は、死んだ日にどうしてこの通りを歩いていたのか。前に一度も英子からこの付近のことを聞いたことがなかった。

実は、この疑問は神戸から夜行列車で死の枕元に駆けつけたときも、美弥子に一度は訊《き》いたものだった。

(さあ、存じません。お義兄《にい》さまは姉から何か聞いてらっしゃるかと思ってましたわ)

(なにも聞いてないな。英子が家を出かけるとき、美弥ちゃんはもううちに来てくれていたんだね。そのとき、英子はどこに行くと言って出たの?)

(どこといって別に。ちょっと銀座に行って買いものをするけど、それから知った先に寄ってくると言ってましたわ。それがどこだか姉も言わなかったし、わたしもべつに訊きませんでしたから)

(代々木に英子の知った人がいたのかな。前からの友だちだと、ぼくもたいてい見当はついているが、そのなかには代々木方面の人はいなかったようだね)

(俳句の人じゃないですか、そのお宅に行くときか、帰りかだったのじゃないかしら?)

(俳句の交際の人なら、わりと新しいからぼくにはわからないな)

(わたしが俳句の先生に聞いてみましょうか。お通夜にお見えになったかたに)

通夜の席に英子の俳句の先生も来たし、その女弟子仲間も五、六人は来た。女俳人は白髪の目立つ、小肥《こぶと》りの、上品な女であった。浅井は初対面だったが、少しかすれた声をしていた。

(青木先生は、代々木のほうにお弟子さんはいないと言ってらっしゃいましたわ)

美弥子は、俳句の師匠が帰ったあと浅井に報告した。青木というのが女俳人の名だった。

(代々木には用事はなかったけれど、どこかに回るとき、そこを通ることになったんじゃないですか)

美弥子は、姉がその街を通っていたのをたいして問題にしてないようだった。たしかに何かの都合で回り道をすることだってある。

英子は一週間に二日ぐらいは外出した。間を置くこともあれば、つづけて出ることもあった。俳句の関係が多いので、夕方からの外出はあまりなく、ほとんどが昼間であった。

浅井は、役所から帰って、英子からときどき外出先の話を聞く程度だった。たいした話でもなく、彼自身が俳句にも趣味がないので、ろくに聞く気持ちにもなれないでいた。それは英子が小唄の師匠のところに通っているときも、日本画を習っているときも同じで、趣味のない浅井はほとんど無関心だった。それに英子は外出しても三、四時間程度で、浅井が帰宅する時間にはちゃんと戻っていた。

——が、いま、高橋化粧品店を出てこの坂道を上っていると、英子がなぜこの通りを歩いていたのか、その理由の問いかけがまた心に湧いてきたのだ。現実にその街を自分が歩いていると、一度は通りすぎた軽い疑念がふたたび戻ってきた。

坂道の両方が大きな家である。古いのもあれば新しいのもある。高橋化粧品店のような小さな店はほとんどなく、ほかに牛乳店が一軒あるくらいだった。

英子はこの道を上っていたのだ。ちょうど自分と美弥子とが歩いている方向だ。浅井は白い陽射しの道を見つめて足を運ぶ。美弥子は、彼からやや離れて、後ろを歩いてきていた。

坂道は左手に曲がるところが峠だった。あとは急な下り道になっている。規模の小さくなった家並みが両側になだれ落ちていた。おだやかな陽を溜《た》めている屋根屋根を見下ろし、貧弱な桃の咲く塀の中がのぞける。道は上り下りを繰り返していた。

この坂上は横道もあって、四つ角になっていた。その右角がさっきは道の正面と思った旅館「たちばな荘」の看板が上がっている家であった。昼間のネオン看板は、錆《さ》びた鉄棒が屋根に重く組まれているようでわびしい。

「たちばな荘」はコンクリートの長い塀を持っていた。常緑樹の植込みが多い。間に梅の花が残っていた。日本家屋の二階屋根と、四階くらいの洋館とが見える。門は道から引っ込んでいた。黒い皮付きの太い杉の木が門柱で、コンクリート塀からそこまでは短い間隔だが竹垣になっていた。門の中から奥までは飛び石、下いちめんが那智黒《なちぐろ》の玉砂利、両側に低いツツジ、竹の前栽があって玄関は隠れている。飛び石の横に石灯籠《いしどうろう》がすわっていた。建物も庭も瀟洒《しょうしゃ》である。向こうの塀が切れているのは、駐車場になっているらしかった。

これだけの一瞥《いちべつ》で、この旅館の客種に想像がつく。右に岐《わか》れた道の先には、空に高く堂々と温泉マークのネオン看板を掲げた屋敷があった。

浅井は、どの道を行ったものかと思って、後ろを見返った。美弥子は、旅館の前を意識してか、彼からずっと離れて下を向いて歩いてきていた。浅井は声をかけるのに気怯《きおく》れがし、そのままヒヨドリ越えのような坂道をまっすぐに下りた。

後ろから車の音がした。道が狭いので浅井も美弥子も脇によけて立った。下り坂だから危ない。浅井の前を白いボディの中型車が通った。ツードアで、運転席に革ジャンパーを着た中年男と、助手席に赤いコートの若い女とが乗っていた。女は男の背に片手を回していた。浅井には「たちばな荘」の駐車場が浮かんだ。——

月曜日の昼、浅井が書類を持って役所の廊下を通っていると、向こうから白石局長が歩いてきた。大臣官房の前で、陳情の業者の姿もなく、この階はひっそりとしていた。浅井は局長の眼がくる前に立ちどまった。

「やあ」

と、体格のいい局長は寄ってきた。

「……その後、だんだんに寂しくなってきているだろうねえ」

眼に同情の微笑があった。

白石局長には英子の弔問に来てもらった。浅井は、四十九日が済みしだい、局長の自宅にお礼に行くつもりにしていた。もっとも、出勤をはじめた最初の日、とりあえず庁内で会ってお礼は言ってある。

「はあ。……長い病気で寝ていたのとは違いまして、急なことだったので、寂しいというよりも、まだ、ぼんやりとした気持ちでおります」

「そうだろうね。……いや、それはわかるよ」

局長に急ぎの用事がある様子がありありと見えていた。むしろ悪いときに浅井と出遇《であ》ったという気持ちがその顔に出ていた。話の性質上、行きずりにものを言うわけにもいかず、立ち止まっても、すぐには逃げられない羽目になっているようにみえた。

「局長には、いろいろとご好意をいただいて申し訳ありません。……では、ぼくはこれで」

浅井はおじぎをした。

「そうかね。まあ、あまり気を落とさずに頑張ってくれたまえ」

「ありがとうございます」

局長は大股《おおまた》で踏み出した。

浅井が、かなり離れたと思うころにふり返ると、局長はエレベーターの前に立って文字盤を見上げていた。局長もたった一人でいると、ひどく素寒貧《すかんぴん》な男に見える。大勢の部下や取巻きの中だと、あれで結構局長らしくなるのは、本人も気構えるためだろうか。次官にしたところで、官房長にしたところで、一人でいるときは心細げで、頼りなさそうで、表玄関に立っている守衛とそれほど違わない。というのは、だれにでもその地位がつとまるということではないか。たまたま学校を出た、入省して幹部候補生の仲間にはいった、それからは主流派と反主流派の間を上手に泳げるかどうかということだろう。――

部屋に戻って一時間ばかりたったころ、机の横に小腰をかがめてくる男がいる。神戸の食品加工業連合会の柳下だった。

「浅井さん。こんにちは……」

柳下の顔が、ふだんより神妙なのは、この前の神戸出張以来初めて会うからでもあるが、それよりは浅井の不幸への悔みがこめられていた。

「やあ。いつ、こちらへ?」

浅井は椅子を回転させた。さっき廊下で会った白石局長の顔が頭の中に出た。

「今日の午前十一時に着きましたばかりで……」

柳下は関西弁で悔みの挨拶《あいさつ》を丁重に述べた。

「どうも。いろいろお世話になりました。……柳下さん、よかったら、ちょっとお茶でも喫《の》みに降りましょうか」

挨拶のきりがついたところで浅井は誘った。

「へえ。お忙しくなかったら、お供させてもらいます」

地階の役所の食堂にはいった。中途半端な時間で省内の者はあまりいなかったが、テーブルのあちこちでは、業者が係りの者をとりかこんでいた。

「どうも急なことで、何と申し上げてよいやら」

柳下は椅子にかける前に、またもテーブルに両手をついて改めて頭をさげた。

「そうそう、その節は、どうもご丁寧にしてもらって恐縮でした」

柳下は、自分のハム会社の東京出張所長を代理によこし、通夜にも葬式にも参列させた。香典には五万円を包んでいた。

「どういたしまして。本来やったら、ぼくがお参りせなならんとこですけど、どうもいろいろと取りまぎれまして。……今日は、こっちの工場開きの準備や何やかやで来ましたんやけど、自分の勝手なことばかりで、えらい申し訳ないことだす」

「なるほど。もう、東村山《ひがしむらやま》のほうは操業開始ですか？」

「へえ。おかげさまで、どうにか漕ぎつけましてん」

柳下は、さきごろ東村山にある小さなハム製造工場を買収して、その設備を改装した。柳下ハム製造株式会社東京工場という組織にした。その工場の認可には浅井も力を籍《か》してやった。

「新しい機械の据付けや設備の拡張が終わり、それに検査も無事に済みまして、三日後には仕事始めということになりました」

「それはおめでとう。従業員はどれくらい？」

「大阪のほうからとりあえず十人、こっちに今までいたのんから二十人ばかりとって、あとはおいおいに補充していくつもりだす」

「あんたは、やり手だよ」

「どういたしまして。ご承知のように業界の競争も激しゅうおますよってにな、東京進出もうまいことといくかどうかわかりまへん」

「で、今夜の都合は？」

「へえ、ちょっと前からの予定がおます」

柳下はいくらか言いにくそうに答えた。浅井の眼には、エレベーターの前に立っている白石局長の姿がもう一度出てきた。

「そうだ、柳下君。神戸ではお世話になったが、ぼくが途中で立ったあとはどうなったかね？」

浅井はコーヒーをスプーンでまぜながら訊《き》いた。

「あのあとでっか。そら、えらい騒ぎでしたわ。みな、もう、浅井さんの奥さんが急に亡くならはったと聞いて、びっくり仰天しましてな。それに、私事《わたくしごと》やいうて浅井さんが何も言やはらんで、すうと帰らはったいうて、みんな、さすがは浅井さんや、浅井さんらしいわ、と感服しとりましたぜ」

柳下は両手を動かして言った。

「どうも。そりゃ、当たり前のことなんだけどな」

浅井はコーヒーをひと口飲んだあと、声の調子も高さも変えて訊いた。

「いや、そういうことじゃなしに、局長のあとのことを君に頼んだけど、世話のほうは支障なくいったかどうかなんだけどね」

「へえ。……こっちのほうでっか？」

柳下は上目遣いに浅井の顔を見て、テーブルの横で小指を出した。

「へえ。あんじょうゆきよりました」

と、にやりと笑った。

浅井は、白石局長の前にすわっていた下ぶくれの芸者の顔を思い出した。柳下が簡単に世話できるくらいだから、不見転《みずてん》に近い妓《こ》にはちがいないとしても、白石にはちょっとも
ったいない女だった。

「浅井さん」

柳下が呼びかけたので、浅井は放心から醒《さ》めたようになった。

「近いうちに局長さんが関西出張という予定はおまへんのんか？」

柳下が白い歯を出していた。

「いや、聞いてないな。だって、たったこの前に出張したばかりだものな」

浅井はなにげなく答えたが、柳下の表情を見て気がついた。

「ふむ。ご本人はそういう意志のようかね？」

と、今度は浅井が柳下の顔をじっと見た。

「いや、はっきりと局長さんからそう伺ったのんとちがいますけど、こら、ぼくの当て推量ですわ」

「神戸がお気に召したのかね？」

「どうも、そうらしゅうおます。ぼくら業者としては光栄だすさかい、局長さんにはなんべんも神戸に来てもらいとうおます」

柳下は微笑した。

「どうだね、そいじゃ、白石さんがもう一度関西視察ができるように、近いうちにそっちでお膳立《ぜんだて》をつくったら？」

「そら、なんぼでもこっちはやりますけどな、局長さんもそれだけではひょいと乗るわけにもいきまへんやろ。そのへんは浅井さんのほうで、ええように根回ししてもらわんことには……」

「局長がその気なら実現できないことはないね」

「どうだす、浅井さんが今度もお供して神戸に来やはったら？」

「ぼくがかね？　しかし、この前に随行したばかりだからな。次は違う人が行くだろう。あとはほかの係長もいるし、課長補佐もいるし、課長もいるし……多士済々だね」

「浅井さんに局長さんといっしょに来てもらうよう連合会のほうで希望しますわ。局長さんも馴《な》れたお人がよろしでっしゃろ。なにせ、あの宴会まではごいっしょでしたさかいな、それに、あの妓のことも万事は浅井さんとの打合わせやいうことを、局長さんにはぼくから耳打ちしときましたさかいな」

「そんなことまで言ったのかね？」

浅井は苦笑した。

「そう言わんことには、局長さんも気兼ねしやはるやおまへんか」

「そうかなア」

「そらそうだすがな。それに、そう言うたほうが浅井さんの面倒見がええいうことになって、浅井さんの気受けも違うと思いましてな」

「そこまで気をつかってもらって、ありがたいがね」

「そんなわけで、今度も局長さんがお供を命じるとしたら、浅井さんが適任者ですわ。そうなるように、連合会のほうからお願いするようにしときまっさ」

浅井がその返事をしないでいると、柳下はうすい前額を近づけてきた。

「浅井さんも、気晴らしに神戸に来やはったらどうだす？　いや、こら、奥さんが亡くなったばかりで、不謹慎やいうて怒られるかもわかりまへんけどな」

「…………」

「それに、出張はまだちょっと先のことになるやろし、この前も浅井さんは、ええとこになる前に帰らはったからな、お気の毒ですわ」

「まあ考えておくよ」

「当分は人の目もおますやろけど、神戸まではだれも見通しできまへん。それに、料理屋や自分の泊まっているホテルで女性といっしょに寝るわけやなし、車ですうと離れた場所の旅館に走るのやから、だれの眼にもつきまへんわ」

「神戸には、そういう旅館が多いのかね？」

「へえ、おます。須磨《すま》や明石《あかし》へんやったら、閑静な旅館がいっぱいだすがな。昼間でも、そこはよう利用されとるいうことですわ」

「君もそういうところを使っているのかね？」

「いえ、ぼくは夜だけだす」

柳下のうすら笑いの顔に、「たちばな荘」の門構えが重なって見えた。

5

柳下が語った神戸付近の特殊旅館の話だけで急にその行動を思いついたのではない。——妻の死後、浅井恒雄には脳の内壁に付着していた異物のようなものがあったのだ。この前の日曜日に美弥子と代々木の坂道で「たちばな荘」を見たときから、その異物の欠片《かけら》が脳壁から剝《は》げて離れたのである。剝離《はくり》したものは眼底のガラス体で浮遊し、外からの光線で影となる。その影が反射して瞳《ひとみ》の前で黒い虫のようにうろうろしはじめた際、柳下の話を聞いた。で、眼の前に飛ぶ虫の影がずっと濃くなったことから、彼にその行動を起こさせた、といえるであろう。

英子は心筋梗塞症《しんきんこうそくしょう》であった。この病気は日ごろは何ともない。特殊な行為をしない限り、自覚症状がないから、本人は忘れてしまうくらいである。急に駆け出すとか、重い物を抱え上げるために力を出すとか、暴れるとか、精神的なショックだとか、また性行為だとか、そういうとき発作を起こす危険がある。医者からも注意され、英子本人も、また彼自身も気をつけていたことなのだ。

あの道は坂だった。英子は坂道を嫌っていた。心臓を保護していたのだ。それは浅井もよく知っている。それなのに英子はなぜあの坂道を上っていたのであろうか。高橋化粧品店の女主人千代子は、たしかに英子は上り坂の方角から店に蒼《あお》い顔ではいってきたと言った。

あの土地に英子が行ったことがあるなど今まで浅井は聞いたことがない。英子はたいてい外出先のことを自分から話したものだが、あの場所の話は出なかった。すると彼女は、初めてあの日にあそこに行ったのだろうか。それとも前から行っていたのだが、わざと話をしなかったのだろうか。

もし、英子が隠していることだったら、坂道を歩いていたわけもうなずけるのである。坂上には屋根の上にネオンの看板を掲げた旅館があった。もしそこに行く用があるのだったら、日ごろは避けている坂道も選ばなければならない。それしか道がないのだから否応《いやおう》がない。

英子の外出は、昼間の三、四時間だった。一週間に二度ぐらい、ときには三度のこともあった。だが、そのつど杉並の堀ノ内に住む俳句の先生のところに顔を出していたわけではない。俳句の友人や知人を訪ねたり、ひとりでどこか俳句の材料になるところを歩いたりしたと言っていた。その報告に慣れっこになって、浅井もいいかげんに聞き流し、聞くのも面倒になっていたものだが、いまから思うと三時間か四時間というのは、出会いの情事の時間としてはもっとも適当だったのではないか。

浅井は、黒い虫が瞳の前を浮遊しはじめてから、にわかに英子の句帳などとり出して調べてみたものだが、手がかりとなるような句は一つもノートされてなかった。この手帳は、英子が死の直前にハンドバッグにはいっているのを示して、高橋千代子に住所への連絡を黙って頼んだ因縁のものである。

手帳には住所録はあったが、それは俳句の先生をはじめみんな素性のわかっているものばかりで、不審なのは何もなかった。句にも恋愛を想像させるようなものはなかった。いったい英子の俳句はいわゆる花鳥諷詠《ふうえい》の流派で、自然の写生句ばかりである。が、そこに写されている場所で、代々木付近を想像させるものは一つもなかった。そこが秘密を包んでいるといえる。

この想像が当たっているとしても、相手の男性に対して浅井は皆目見当がつかなかった。

英子が心臓の病気を忘れてまで愛情を燃え立たせたというのはどういう男だろうか。浅井は、英子と七年間夫婦になって、彼女が男に興味を持っているなど気づいたこともなかった。英子は淡泊な性格で、その口から色恋の話題など聞いてもおらず、また恋愛小説も嫌いで、てんで読んでもいなかった。テレビでもそういう番組には興味がなく、映るとすぐほかを回すか消すかした。

その代わり、夫の仕事にも興味を示さない妻だった。彼が役所でどのようなことをしているのか深く聞こうともせず、内容を質問するということもなかった。彼の出張が何日かかろうと平気で、行先がどこなのか、目的は何なのか、だれと行くのかなど訊《き》いたことがない。ただ、出張から帰る予定日は、家での用意があるのでこれはちゃんと訊いていた。そんな具合だから、ふだんでも夫がどんなに夜おそく帰ろうと寄り道を詮議《せんぎ》したことがない。

また英子は、役所の上役や同僚の奥さんと交際するのが好きでなかった。面倒なことはわかっているが、どこの奥さんでもそこを辛抱してつき合っている。それが夫への協力であろう。ことに上司の奥さんにはお世辞に亙《わた》っても仕方がないくらい昵懇《じっこん》にならなければいけないのだが、英子はそんな努力は何もしなかった。そういう性格であった。その代わり、夫の出世についてはいささかの関心もなかった。

このいったいに妻が夫の地位に関心がない場合、夫はひとりでに奮起するものである。

体質はいろいろだろうが、浅井は自分でもそういう性格だと思っていた。つまり妻の協力や声援がないために、孤独に陥った夫がかえって仕事に闘志を起こすのだと解していた。逆の場合で妻があまりに夫の出世に協力しすぎると、夫は妻に鞭《むち》うたれるか保護されているかの心理になって、気力に鈍りを来たす。そんな男を浅井は周囲に見ている。

夫の世話をやきすぎるのが必ずしも妻に愛情があるからだとはいえず、無関心だからといって妻に愛情が足りないことでもない。それは女の個人的な性格によるのだ。行為が心情の発露になるものでもない。夫婦の間は七年もたったら水か空気みたいなものだ。たとえ夫を世話しすぎる妻でも、結局夫の仕事は本当には理解していないのだ。浅井は、そんなふうにつねから思っていた。

日常の夫婦生活の隙間風が妻の心から潤いを奪い、妻が愛の充足を夫以外の男に求めるという話は、浅井も小説や婦人雑誌の実話や新聞の身上相談欄などで読むには読んでいたが、それが自分の実生活の上に起こるなどとは想像もしていなかった。

しかし、よく考えてみると思い当たるところはある。英子の淡泊な性格にこっちで合わせて、かまわなすぎたところがある。もう少し手厚く面倒をみたら、さっぱりとした性質のようにはみえていても、女としての豊潤を自然ともたらしたであろう。その介添えが十分でなかった。それに、彼女の心臓の病気のことをこっちもあまりに考慮して、節制に気をつかいすぎた。医者の警告は教科書的な標準であって、ほんとうは注意深い方法での実践法があったはずだ。違う医師を二、三人訪ねてでも、それを聞き出しておくべきだった。

英子は自分から彼に求める女ではなかった。そういう積極性はまるでなかった。結婚の当初から持ちこんだその方面の習慣を、変更も破綻《はたん》も彼女はできなかったのであろう。そうする勇気がなかったのかもしれぬ。七年間に自然とできた夫婦生活の習慣は、一種のモラルのようなものを含んでいて、彼女には殻が厚かったのだ。

それが他の男に英子が対《むか》ったときに夫婦間の習慣的な羞恥《しゅうち》が除《と》れ、また相手からそれを取り除くようにされたと思われる。そこに彼女の奔走がはじまった。

浅井は、いつぞや医者が言っていた言葉を思い出した。

（心筋梗塞症は、日常生活には何ら支障がないから、つい、油断をしがちです。こういう話があります。ぼくの友だちで心筋梗塞症をもっている医者が、往診用の自家用車を運転しているうち、タイヤが溝の中にはまったんですな。友だちは車体の端を力いっぱい持ち上げようとした。その途端、発作がきて死んでしまいました。医者のくせに、自分が心筋梗塞症だったのをうっかり忘れていたんですな。それだから用心しないと怕《こわ》いのですよ）

英子が自分の病症を忘れるほどに奔騰した相手は誰だったのだろうか。――彼女の冠状動脈が麻痺《まひ》するまでに衝撃を与えた男はどこかにいるのだ。

浅井はいまになって思い当たるのだが、英子が恋愛小説もその種のテレビも見なかったのは、嫌いだからではなく、本当は避けていたのだ。つねから抑えている感覚や意識を刺激させたくなかったのである。それがいかにも興味なげにみえたのだ。

英子は前に小唄を習い、日本画を習った。だから靉靆《あいたい》とした情感がなかったわけではない。恋愛小説やテレビドラマに興味は十分にあったのだ。それを拒絶していたのは禁欲を冒されないためだったのだ。

小唄をやめ、日本画をやめなどして英子に長つづきがしなかったのは、それに求めても求め得ざるものがあったからだろう。その意味で小唄は彼女の情感を唆《そそ》りすぎたかもしれない。日本画はあまりに静寂だったのだろう。しかし、俳句は花鳥諷詠の写生に外に出歩くことが多く、機会はそのときに英子を捉《とら》えた。

——相手は、英子が俳句をはじめてからだ。ここ二年間である。それ以前には遡《さかのぼ》らない。

浅井は推定した。

だが、ここにひとつの疑問がある。英子は、なぜあの坂道を歩いて上っていたのだろうか。どうしてタクシーにしても、車に乗っていなかったのだろうか。

げんに日曜日に美弥子とあの坂道を歩いていたときも、旅館から出たらしい男女も、そこに行くとみえるアベックも、みんな車に乗っていた。そのほうがああいう旅館に出入りするのに自然なのだ。だれだって人に顔を見られたくない。途中を車で疾走したほうがいいのだ。

しかも、英子はふだんから坂道を嫌っていた。車にも乗らずに歩いていたというのがおかしい。どういうわけだろう。

——浅井は、こうした思案や疑問に数日を費やした。家にいるときだけでなく、役所でも考えた。

書類を点検し、起案の草稿を書き、部下に命令し、上司の相談を受ける、来訪の業者と会う、会議に出る、連絡に他の部局に出かける、そうした忙しい間も、思案は彼の頭からはなれなかった。

もやもやとした推測が、ひとつの仮説といった状態になったのはそのあとである。液体をかきまわしているうちにそれがしだいに凝固したようなものだった。

こうは考えられないか。

旅館で男と逢《あ》っていた英子が発作を起こす。そのとき男はどのような処置をとるだろう。医者をその場に呼ぶだろうか。しかし、旅館という場所が悪い。素性がわかってしまう。軽い病気ではないから、医者に偽名で押し通せない。

医者の手当てを受けるには、まず旅館を脱出するのが先決となる。男は旅館から急いでタクシーを呼ばせる。英子は男に介抱されながらそれに乗った。が、発作は急激だった。そこで坂の途中で英子を降ろした。それが高橋化粧品店を過ぎた坂下のほうだったのではあるまいか。英子が化粧品店から左のほうの坂下から歩いてはいってきた、というのをそのように解釈できそうである。

男が、英子を車から降ろしたのは、その苦悶《くもん》のありさまにおどろいたからだろう。医者の必要に一秒も争う状態だったというのは善意な解釈だ。それだったら病院の前にタクシーをつけるがいい。それをしなかったのは、やはり女を担ぎこんだ男が病院側から身もとを訊かれたくなかったからだ。担ぎこんだ以上、病院から逃げ出すわけにはゆかないではないか。

急が逼《せま》っているので男は英子を早くタクシーから降ろした。降りた彼女は近所の家に救急車を求めに走り込むだろう。あとはそっちで適当にやってくれる。この処置が男にはもっとも都合がよかったのだ。自分の名前も住所も知られることなく、厄介なものを置き去りにして行ける。発作で悶《もだ》えている英子は口がきけなかった。……

浅井の調査は、まず「たちばな荘」からはじまった。

その夕方、彼は役所の帰りにおでん屋で一杯飲み、タクシーで代々木の旅館に向かった。あの坂道を上るとき、高橋化粧品店に眼を向けたが、灯の明るい店内にはだれもいず、千代子の姿もなかった。美弥子にもあの女性は興味があるようである。まったく千代子は独り暮らしなのかもしれない。店を空けたままにしているのは店番の家族がいないせいだろう。客もはいっていなかった。商売は繁昌《はんじょう》してないようだ。この辺の住宅街を当てこんで、化粧品でも高級品を主に仕入れているが、そんなところが素人くさい。未亡人が新規な商売を思い立ったという感じだった。美弥子は早くも高橋千代子が未亡人だと察して興味を抱いたのかもしれぬ。そこに義兄に抱く女らしい意地悪さを感じないでもない。――両側の、大きな邸宅が黒々と過ぎる。

タクシーを門の前で降りた。屋根の上の看板にはもちろんネオンの赤い灯が輝いていた。「たちばな荘」の光が宙に浮いている。

日曜日の昼に見た門をはいり、飛び石を踏んで奥に歩いた。石灯籠《いしどうろう》にも灯がある。前栽《せんざい》の横を回ると玄関かと思ったら、そうではなく建物の横側だった。飛び石の道はそこから二手に岐《わか》れている。

迷っていると、うす暗いわきにある家から女中が出てきた。おじぎしたが、浅井の後ろをのぞいた。同伴の女はいなかった。

「部屋は？」

「ございます。あの、洋館のほうになさいますか、それとも、日本間のほうにご案内しましょうか？」

「どちらでもいい」

「どうぞ」

女中は先に立って左手に歩く。ほの暗い中にやたらと植込みがあった。

入れられたのは八畳の間だった。襖《ふすま》で仕切った次が寝間のようであった。襖に青海波《せいがいは》の上を千鳥が飛んでいた。

床の間に浮世絵風な掛け軸、小さな花瓶、壁は聚楽《じゅらく》、隅にテレビ、それと室内電話機。浅井が朱塗りの応接台の前にすわると、四十ぐらいの女中は下手《しもて》に退って両手を畳についた。

「いらっしゃいませ。……あの、お伴《つ》れさまはおあとから？」

「いや」

浅井は少し笑った。

「伴れは来ない。ぼくひとりです」

「はあ」

女中はそれほどおどろかなかった。そういう客があるらしい。というのは、女中のほうで先まわりして言った。

「わたくしのほうでは、女性をお世話申し上げることはできませんけれど……」

「いや、勘違いされては困る。そういう用事で来たのではないのでね。実は、少し、お願いしたいことがありましてね」

「はあ？」

今度は女中が怪訝《けげん》な顔になった。

「少々お恥ずかしいことをお訊《たず》ねすることになるが……、まあ、もう少し、こっちに来てください」

四十すぎの女は頑丈な体格だった。紫色の前掛けで膝《ひざ》を包んだまま、彼のほうに少しいざり寄ってきた。

「……どうも、言いにくいことです。だが、思い切って申します。実はね、ぼくの家内が、そう、いまから二週間くらい前に家出をしましてね。ぼくの知らない恋人といっしょなんです」

女中は返事ができずに浅井の顔を見詰めていた。

「それが、だいぶん前から、この旅館を利用していた形跡があるのです。というのは、ほら、この灰皿に添えてあるこのマッチですね。これと同じマッチがいつぞや家内のハンドバッグから出たことがあるんですよ」

「………」

「ぼくには小さい子供が二人います。家内に逃げられた亭主が、恥を忍んでこちらに訊ねにきたのは、母親を慕っている子供のためなんです。なんとかして家内を連れて帰りたいのですよ。けど、いまのところ手がかりがまったくないのです。世間体があって警察には頼みたくない。で、こちらにくれば、家内がどういう男といっしょに来ていたかわかると思いましてね。男の人相がわかれば、ぼくにもおよその見当はつきそうです。……そうだ、ここに家内の写真を持ってきました」

屈辱に耐えている亭主はポケットから妻の写真をとり出し、女中に手渡した。

「ぼくの名前は、申し訳ないが、勘弁していただきたいのですよ」

6

妻に逃げられた夫というのは、だいたい女性の同情を惹《ひ》くようである。とくに旅館の女中は、つねから女の「背徳」を眼《ま》のあたりに見るのが仕事なので、その職業意識が自制から離れたとき、不倫の妻をもつ夫への同情によけいに傾くようである。この心理を考えると、同性の不埒《ふらち》を雲烟過眼《うんえんかがん》視するように訓練づけられた職業習性が、そのことによって鬱積《うっせき》した正義心（あるいは嫉妬《しっと》と憎悪を交えたもの）を逆に発揮したと解釈されなくもない。

その女中は、浅井恒雄から受け取った英子の写真を凝視していたが、

「どうも、わたしには見覚えのないお顔ですが、ほかの女中に見せて訊《き》いてみましょうか。係りが違うと、いつもおいでになるお客さままでも存じ上げないことがありますから」

と、浅井を見上げた。

「もっともです。どうかほかの女中さんにも訊いてみてください」

浅井は頼んだ。

「よろしいでしょうか？」

女中は遠慮を見せた。他人のプライバシーを大勢の者に披露することになるので躊躇《ためら》い

を見せたのだが、もとより朋輩《ほうばい》に伝えたくてしようのない表情だった。

「かまいません。どうせそのことでここに伺ったのですから、十分に訊いてもらいたいのです。……ただ、如才はないでしょうが、この旅館の外に洩《も》れないようにしてもらいたいのですが」

浅井の声には苦渋がこもっていた。

「それは心得ております。わたしどもはこういう商売ですから、秘密を守ることが仕事の一つになっております。そのへんはご安心ください」

女中は自信たっぷりに言った。

「よろしくお願いします」

「でも、おきれいな奥さまですわね」

女中はもう一度写真に眼を落とし、溜息《ためいき》をつくようにして言った。

「そうですか」

英子をすぐれた美人とは思っていないが、写真うつりはいいほうだった。顔も実際よりは若く、案外近代的な容貌《ようぼう》に見えた。

「それに、おとなしそうな奥さまですわ」

「柔順な女房だと思っていたんですがね」

「魔が差したんだと思いますわ、きっと。お子さまもいらっしゃるんですから」

「あなたがたから見て、おとなしい人妻というのは男に誘惑されやすいのですか？」

「そうですね、いちがいには言えませんけど、そういうかたも多いようですわね」

「逃げられた亭主の口から言うのもおかしいが、妻はこれまで男友だちを持ったこともないし、そういうことには興味のない女だと思っていたんですがね」

「それはわかります。それだけに危険だということも言えるんじゃないでしょうか」

「どうして？」

「日ごろから男友だちとオープンな交際のあるかたは、気持ちの発散がありますし、また、男の言う甘い言葉の裏がわかっていますから、なかなか誘惑には乗りません。そりゃ、自分から不倫なことを望んでいる奥さんは別ですけれど」

「…………」

「そうではなく、日ごろから男友だち……変な意味じゃなくて親しい交際をする男性の知合いのない奥さまは、どうしても気持ちが内側にこもっていますから、何かの拍子に誘われると、それが相手に向かって出てしまうようですわ」

つまり自閉的な性格は抑鬱がいつも内攻しているので、男の誘惑に脆弱《ぜいじゃく》であると女中は言っているのだった。浅井は英子との「空気のような」夫婦関係をふり返って、その公式に当てはまらないことはないと思った。

「奥さまは、きっと日ごろから男を警戒なさっていたと思いますわ」

女中は、職業上の見聞経験でつづけた。

「でも、その用心深さはほんとうはもろかったんじゃないかと思います。男性への用心で男への知識をなくしてしまわれたと思います。前から男というものはこういうものと考えられていたのに、眼の前に現われた男性がそれとは違った型だったので、つい、気を許されたんじゃないかと思いますわ。このごろの男は、そりゃ、いろいろな手で女に近づきますから」

ある種の女の先天的な男への警戒心は、男に対する単一な概念から発している。知識のない女が勝手につくりあげている「怕《こわ》い男」の像がある。しかし、そんな単純な警戒は、術策を心得ている男なら、裏なり側面なりを衝《つ》いてどのようにでも切り崩せる、と女中は言うのである。これも英子に当てはまりそうだった。

女中の言葉は、雑誌などの活字で得た知識でなく、毎日毎夜その眼で得ている資料で言っているようで、現実的な説得力があった。

「そういう人妻が過失を犯した場合、あとはどういうことになりますかね。ここでの実例もあるでしょう？」

「はい」

女中は少し眼を伏せたが、唇の端に冷たい微笑をほんのかすかに浮かべた。

「はじめのうちは、女性が男と来るのをひどく嫌がっています。人の奥さまですから、悪いことをしているという お気持ちがあるのでしょう、おどおどして、おびえておられますわ。でも、そのうちに馴《な》れといいますか、しだいに落ち着いてこられて、しまいには女性のほうからその恋人を誘ってみえる様子になります。態度もずっと大胆になって、わたしどもがとまどうことがありますわ。そうなると、女性は男性に熱を上げて、夢中になるようですね。昼間からいらっしゃるのは珍しいことではありません。奥さまですから、いろいろと都合がおありになるのでしょう」

女中の最後の言葉は浅井の胸にこたえた。女中は皮肉な意味でなく、正直に言っている。英子がそうであった。一週間に二回、多いときは三回も昼間から出て行っていた。亭主が勤めから帰るまでに帰宅していなければならないのである。

「そういうアベックはどうして旅館を変えないんですかね。男もそうだろうけど、人妻の女性も、はじめからの経過を同じ女中さんがたに見られるのは具合が悪いんじゃないですかね？」

「若いかたは別ですけど、中年のかたは、そうやたらとほうぼうの旅館を渡り歩きなさるようなことはありません」

と、女中は職業的経験を伝えた。

「旅館をたびたび変えるというのは、それだけご自分たちのお顔を旅館の女中たちにたくさん見せるということになりますからね。そのほうが、よっぽど気がひけるんじゃないですか」

「なるほど」

「それに中年のかたは、若い人と違って、同じ旅館に馴染つくという傾向がありますわ」

浅井は部屋で待たされた。その間に、若い女中が紅茶とケーキとを運んできた。頼みもしないものだったが、若い女中は、これはサービスです、と言った。浅井は、妻に逃げられた自分が旅館で同情されていることを知った。可哀相《かわいそう》に、という女中たちの声まで聞こえそうだった。しかし、これは屈辱感を辛抱しさえすれば、調査にとっては好都合であった。

四十分くらい待たされたころ、さっきの女中が、もう少し年上の、同じ紫色の前掛けをした女中を連れてはいってきた。

「いま、このひとからお話を聞きましたが、ほんとうにお気の毒に思いますわ」

女中頭《がしら》だと名乗った年かさな女中は、悔みを述べるように浅井に挨拶《あいさつ》した。

「女中たちに、奥さまのお写真を見せて訊いてみたのですが、みんな見おぼえがないと言っています。どうやら奥さまはうちにはおみえになってないようですね。女中のなかには、一度お越しになったお客さまのお顔は絶対に忘れないという者もおりますから」

最初の女中が英子の写真を浅井に丁寧に返した。女中たちが虚言を言っているとは思えなかった。さきほどの様子から見てわかるのである。

「そうですか。じゃ、この家《うち》ではなかったのですかね」

浅井はここだという確信をつけてきただけに失望した。その反面、ほっとした気持ちがしないでもなかった。

「わたしどものマッチを奥さまがお持ちになっていらしたんですね?」

女中頭が訊いた。マッチのことは浅井の方便だったが、いまさら嘘だとも言えなかった。しかし、こういう言葉はつけ加えた。

「実は、そのマッチは、いまここに出ているのを見て、よく似ているなと思い当たっただけで、そのとき手に取って見たわけではありません。そう言われてみると、記憶があやふやなんです。……しかし、それよりも、この旅館にくる下の坂道ですね、その坂道を妻がこっちに向かって歩いていたという話を、目撃した人から聞いたんです。それで、ぼくはてっきりこちらの旅館だと思ったものですから」

女中頭と女中とは顔を見合わせた。そして女中頭が言った。

「この坂上にある旅館はうちだけではありません。この先にも、もう二軒ほどございます。一軒はすぐ近くで、『みどり荘』といいます。一軒は少々はなれていますが、『ホテル・森』といいます。でも、そっちのほうは、ほかからくる道が近いので、この下の坂道を歩いてらしたのだったら『みどり荘』のほうじゃないでしょうかねえ」

浅井はこの示唆に従うことにした。女房に置き去りにされた男が、その不貞の女房の写真を持ち回って連れ込み旅館の女中たちの首実検に供するのは、それこそ恥辱を撒《ま》くことだった。目的のためにはそれも忍ばねばならなかった。

「いろいろご面倒をかけました」

浅井は厚く礼を述べた。

「どういたしまして。お子さんもおありのことだそうですから、どうかお元気を出してください。奥さまもお子さんのためにきっとお帰りになることと思いますわ」

女中頭は女中といっしょに彼を慰めて送り出した。

浅井は「たちばな荘」の門を出ると、坂上に立った。すぐ下の坂道は大きな屋敷が両側にならんでいて暗い。低地にひろがる街の灯は賑やかで泰平であった。

——英子はもう戻ることはない。彼女は灰になって寺に預かってもらっている。石屋に頼んだ墓石ができしだい、その下に移されるだけである。

誰がそうしたのか。彼女を予想しなかった魅力で死にまで拉致《らち》していったのはどこの男だろうか。そして、その男は、いったい、どういうきっかけで英子に接近していったのであろうか。亭主にとっては盲目と同様に不視界の出来事であって、推察し得る手がかりは何もなかった。

浅井は坂上の道をそのまま南にとった。夜空に「みどり荘」の赤いネオン文字が華やかに輝いている。光は、男と女の官能的な気分を沸き立たせ、道徳に対して麻痺的な享楽を誘い寄せているように見えた。

五分と歩かないうちに浅井は「みどり荘」の門の前に来ていた。この門もそのまわりも「たちばな荘」とそれほど違っていなかった。趣向は似たようなもので、門内の玉砂利と草とが低い石灯籠《いしどうろう》に幽暗に照らし出されていた。

浅井がうろついている間にも一組の男女がそそくさとその門をくぐった。若い人であった。ひと言もいわずに靴で踏む小石の音だけを響かせた。

浅井は、ちょっと間を置いてそのあとからはいった。左側の掛け茶屋のようなところだけに明るい灯がはいっていた。その明かりの下から、

「いらっしゃいませ」

と、女の声がとんできた。そこが帳場だとわかったのは女中が迎えに出てきてからである。

「あの、お伴《つ》れさまは、あとからおみえになるのでしょうか？」

と、ここでも訊《き》かれた。

この家には女中が十人ぐらいはいるだろう。さっきの「たちばな荘」が同じくらいの数として、これで二十人以上に妻の写真を晒《さら》したことになる。家庭内の出来事だから、他人には言わないでほしいといっても、話はその何倍もの人数に伝わるにちがいなかった。口はかたいと先方で言い切っても、一人が二、三人には洩《も》らすにきまっている。

もっとも、ここでも係りの女中には名前も素性も匿《かく》しておいたから、話だけならひろがってもそれほど苦痛ではない。が、こうして写真を見せびらかして回るのは何といっても卑屈な行為で、われながらみじめであった。それに、この旅館だけで済むとは限らなかった。この家でわからなかったら、もう一軒のホテルに、そこで知れなかったらまた別の旅館にというふうに、とにかくこの坂上界隈《かいわい》にある旅館の全部に当たるのを観念しなければならなかった。

「みどり荘」の係り女中も彼の「身上話」に同情を傾けた。写真を受け取って四十分くらいたつのにまだ部屋に引き返してこないのは、女中たちの間を、写真を手にいちいち訊いて回っているのである。

——奥さんが男といっしょに逃げたんだって。子供が二人もあるのにね。ご亭主が奥さんの行方を血眼で捜しているのよ。子供のために家に戻ってほしいって。恥も外聞もなくね。気の毒だわ。ほら、この写真の女のひとよ。うちに男といっしょに来たことはないかって訊いてるんだけど、あんた、知らない？　知ってたら遠慮はいらないから教えてあげなさいよ。可哀相よ、ご亭主が……。

係りの女中が突き出す英子の写真に見入る女中たちの表情はいろいろあるにしても、結局、ほとんどが同情を寄せるに相違なかった。

やがて戻ってきた四十女のその女中の後ろには、背の低い若い女中が従っていて、肩にかくれるようにしてすわった。

「みんなに訊ねましたけれど、わたしのほうにはおいでになったことはないようです。だれも存じ上げないと申しております」

この女中も、みんなが記憶力のいいことを強調した。それを証明するように、後ろに控えている若い女中を見返った。

「この旅館ではお目にかかったことはありませんが、このひとが、お写真に似たかたと坂道のところでお会いしたことがあるように言っております。さあ、仙子《せんこ》さん、お話ししたら?」

二十五、六の赤い顔をした女中が、先輩につつかれて少し前にいざり出た。

「はっきりとこのかただとは言えませんが、今から二か月くらい前に、その先の坂道を上ってきた女のひととよく似ていらっしゃいます。わたしは上から下りていたので、途中で出会ったのです」

「日にちはおぼえていませんか?」

浅井は、手に持って写真と記憶とを見くらべるようにしている女中に訊いた。

「日にちはわかりませんが、月の半ばだったと思います」

「何時ごろ?」

「お昼の二時ごろでした」

「どうして印象に残っているのですか？」

「そのとき坂道には奇妙に人が歩いていませんでした。その女のかたひとりと、わたしだけでした。いつもは人通りがあるのに、そのときは何か森閑としていたので、妙な気分になって、すれ違うそのひとの顔をよくおぼえたのです」

「それが、写真の家内によく似ていたのですね？」

「はい」

「服装はどんなだったかおぼえていますか？」

「ベージュのツーピースだったと思います。上着の頸《くび》のところが少し詰まって、海老茶《えびちゃ》色のスカーフがちょっとのぞいていました。ハンドバッグはワニ革で、臙脂《えんじ》色でした」

間違いはなかった。英子が外出するとき、好んでつける支度の一つだった。臙脂色のワニ革ハンドバッグは、彼が行政指導という名で面倒を見ている業者から、東南アジアの旅行土産としてもらったものだ。

「あなたは、家内が、いや、たぶんそれは家内だったと思いますが、ひとりで坂道を上っていたと言われましたね。伴れはなかったのですか？」

「はい。どなたもいらっしゃいませんでした。おひとりで歩いてらっしたのです」

「あなたが行き遇《あ》ったのは坂道のどのへんですか？」

「坂道にかかったところです」

「じゃ、よほど下のほうですね？」

「はい」

「あのへんに化粧品屋さんがありますね。たしか高橋化粧品店という……」

女中は、よく知っているなという眼で浅井の顔を見た。

「はい、ございます。あの化粧品店よりはまだ二十メートルばかり下のほうでした。そこを上ってらしたのです」

7

「みどり荘」を出た浅井恒雄は、もう一度「たちばな荘」の角に戻り、そこから坂道を歩いて下った。街灯で腕時計を見ると九時二十分であった。

実は「みどり荘」から先に当たる「ホテル・森」というのにも行ってみたかったが、この種のホテルや旅館は九時すぎから書き入れ時間になるらしいので今夜は遠慮した。いっぺんに二軒を回っただけでも相当なくたびれようであった。

坂道の両側は、暗い中に石垣の上のコンクリート塀や竹垣などがつづき、植込みの樹の間から洩れる家の光もめったになかった。屋敷町のこの界隈は、坂上の旅館以外は夜も早いのである。

浅井の足は高橋化粧品店の前にきた。ここだけは明るい店の灯が道路にこぼれているものと予想していたのだが、近所と同じように暗かった。表のガラス扉が閉まっていて、カーテンがおりていた。

場所が場所だけにこの店も早いとこ戸を下ろすらしい。看板のあがっている二階を見上げたが、雨戸からは一筋の灯も洩れていなかった。

「みどり荘」の若い女中は写真を見て、たしかにこの女のひととは二か月ぐらい前に坂道で遇ったと言った。服装まで言い当てているから英子に間違いはない。昼の二時ごろだったというのもうなずける言葉だった。

英子は高橋化粧品店から二十メートルばかり下のほうを上ってきていたと女中は言った。浅井の目測では、その位置は、化粧品店の隣の家と次の隣の間ぐらいであった。この二軒の家は低い石垣の日本家屋であった。反対側はブロック塀で、木の間に洋館がほの白く浮いている。

浅井はその辺で立ち止まり、身体を回していま下りてきたばかりの坂道を逆に眺めた。見上げるというほどではないが、勾配《こうばい》になっているので自然と眼が上むきになる。

彼は英子の気持ちになってみた。下の通りからこの地点まで歩いてくる。足をゆるめていなかったらしいから、行先はもっと上だ。坂上は「たちばな荘」だし、そこを右にとれば「みどり荘」になる。さらにすすむと「ホテル・森」の前に出る。

英子がこの道をまっすぐに上っていたとすると、旅館がもっとも考えられるが、二つの旅館の女中は彼女を迎えたことはないと明言した。あの返事に嘘はないとみていい。女中たちは浮気な女房に逃げられた子持ちの亭主に、十分同情していたのである。

そうなると、ちょっとふしぎに思えてくるのは高橋化粧品店である。英子は気分が悪くなってあの店にとびこんだという話だが、「みどり荘」の若い女中が行き遇ったというのも、高橋化粧品店の二十メートル下方、すなわち、自分が現在立っている地点である。げんにここからは、店の屋根にあがっている看板の有名化粧品の大文字が見えている。

これは偶然であろうか。英子は死んだ日以外、それ以前にも高橋化粧品店を訪れたことがあるのではないか。

しかし、これは少々突飛な思いつきかもしれない。もし、あの化粧品店からもっと坂上寄りの道で英子を見かけたと言ったのなら、この想像は成り立たないのである。坂下で遇ったという点で、英子があの店に行く途中という空想が生まれるのである。浅井は、濃い化粧をした、唇の厚い高橋千代子をまたも浮かべた。

英子は死ぬ以前に――たとえば「みどり荘」の女中が二か月ほど前にこの場所で出遇っているように――高橋化粧品店にはいったのではないかという空想が浅井に浮かんだものの、これはあくまでも臆測《おくそく》であって、それには英子と高橋千代子との間に何らかのつながりがあったという確証がない限り、単なる思いつき程度にすぎない。といって、まさか英子が化粧品を買いにあの店に寄っていたわけでもあるまい。

浅井はその晩は、坂上の旅館二軒を調査したというだけで、妻のいなくなった寂しい家に帰った。「みどり荘」の若い女中の話が頭脳の隅にこびりついて、なんともすっきりしない気持ちのままに睡《ねむ》った。

朝は早くから眼がさめた。枕もとに置いた腕時計を見ると六時すぎであった。腕時計を枕もとに置くというのは独り者の生活である。でなかったら旅行者のすることだ。このごろは、英子の縁者も来なくなって、取り残されたという感じが日増しに強くなっている。浅井は腹銜《ば》って煙草を吸う。英子が生きていたときは嫌って、こういうことも自由にはできなかった。彼は、この家を売ってマンションにはいろうかと思っている。父親が建てた家だから、もう四十年近くたっている。家は値にならないとして、敷地が百坪ほどある。このへんで坪二十万円はしているそうだから、高級マンションの一部屋を買う資金にはなる。しかし、そういうところにはいる身分ではない。課長ですら、家族四人で貧弱な公務員住宅で暮らしている。安アパートのほうが気楽だろう。再婚はまだ遠い先だとぼんやり考えている。

一本を吸い終わって、郵便受けに新聞を取りに行った。もう一度床に戻って新聞をひろげる。たいした記事はないが、勤め先が勤め先なので、省庁関係の発表ものなどが先に目につく。

厚生省の方針に医師会が反発している記事が出ていた。医師会長の談話が載っている。

医者。――どうしてこれに気がつかなかったのか。

高橋千代子の話では、英子が駆けこんだとき、ちょうど買物にきていた女子大生に頼んで、近所の医者を呼びにやらせたと言っていた。

(大浜先生に……この五軒先を右にはいったところにある内科の医院ですが、そこへ女子大生のお嬢さまにすぐ走っていただいたのでございます)

高橋千代子の厚い唇が動いていた。

浅井は、昼の休みを利用してタクシーを代々木に走らせた。例の坂道を上るとき、眼が化粧品店に向いたが、表は閉まってカーテンがおりていた。昨夜のままだった。

今日は休みらしい。商店街の休日かと思ったが、さっき通った街ではみんな開いていた。高橋化粧品店だけがとくべつに休んでいるようである。

タクシーを二、三軒先のところで降りた。せまい道が脇にはいっている。突き当たりに大浜医院があった。いかにも開業医の建物だった。

患者の待合室にはだれもいなかった。受付の小窓が開いて看護婦が顔をのぞかせた。

「診察は午前中までですが……」

「診察ではありません。先生に診《み》ていただいた患者のことでお伺いしたのですが」

「どちらさまですか?」

「浅井といいます」

「その患者さんのご家族のかたですか？」

「そうです。ぼくの妻ですが」

「どういうことでしょうか？」

「先生に直接お会いしてお話したいのです」

「患者さんの受診票をお持ちでしょうか？」

「患者は死にました」

看護婦は浅井の顔を見つめてから顔を引っこめた。

十分ばかりして、眼鏡をかけた肥《ふと》った医者が待合室に出てきた。四十すぎの年配だが、頬の血色がいい。酒がかすかに匂っていた。あわてて白いうわっ張りをひっかけてきたらしく、衿《えり》のところが折れてなかった。それを見ると、浅井は高橋千代子を思い出した。

医者の眼に警戒があった。「殺した」患者の亭主が文句をつけに来たと思っているらしかった。

浅井は名刺を出した。医者は肩書に見入ったが、警戒は解かなかった。長椅子にかけている彼の真向かいに椅子を持ってきて、硬い様子で腰を下ろした。

「浅井さんとおっしゃると、いつごろ拝見した患者さんですか？」

医者は、丁寧な言葉を使った。

「半月ぐらい前です。いや、先生におかかりしていた患者ではなく、道を歩いている途中で急に心筋梗塞《しんきんこうそく》の発作が起こって、その先の高橋化粧品店に駆け込んだのです。その店の好意で、先生に来ていただいたそうですが」

「ああ、わかりました」

医者はすぐにうなずいた。

「たぶん、そのかただろうと思っていました。ほかに心当たりはありませんから」

最近「殺した」患者に心当たりがないという意味らしかった。大浜医師の眼に少し安心の色が出た。

高橋千代子の言葉に嘘はなかった。たしかに大浜医師は英子の最期に立会っている。

「先生に来ていただいたときは、妻はもう駄目でしたか？……いや、ぼくはちょうどそのときは関西に出張中だったものですから、何も知ってないのです。あとから事情を聞かされたような状態でして」

「お気の毒でした」

医師はかたちだけ頭をさげて言った。

「ぼくが高橋さんのところに呼ばれて行ったとき、そう、こちらにもちょうど急患が来ていたので、すぐには行けず、二十分ばかりして行きましたかな。そのときは、奥さんはもう臨終のあとでした。瞳孔《どうこう》は開いており、心臓も完全にとまっていました。どうにも処置

はなかったのですか？」

「カンフル注射とか、そういう応急処置も駄目だったのですか？」

医者は、死亡した患者の遺族が処置について文句を言いにきたときに応対するような表情になって言った。

「そんなものが死亡した人に役に立つもんですか。ぼくが行ったときは、あの店の座敷に寝せられて、もう亡くなっていたんですよ」

「先生が家内の傍に行かれたのは何時ごろでしたか？」

「腕時計を見ましたよ。大事ですからね。あれは三月七日でしたね、午後四時三十五分でした。いま、カルテを見てきたんです。ぼくの患者ではありませんが、とにかく死亡診断書は書いたのですから」

「死亡診断書はいただいております。それでわかっているのですが、ぼくがお訊《たず》ねしたいのは、その死亡時間が午後四時五分ごろとあることです。先生が高橋化粧品店に着かれて家内の死亡を確認されたのが四時三十五分、すると、死亡時間が三十分ほど早いというのは先生の推定ですか？」

「ぼくは奥さんの臨終には立会っていません。高橋さんの話で、ぼくが到着する三十分ぐらい前に奥さんが息を引き取られたと聞いたので、それに従ったのです。ですから、四時五分とははっきり書かずに、五分ごろとしたのです」

手落ちはないと主張するように医者は激しい眼つきをした。

「それはよくわかっています。お気を悪くされては困ります。誤解しないでください。ぼくが、お訊ねしているのは、家内の死亡時が、四時五分が正確かどうかです。つまり、その、どういったらいいか、先生が遺体を診られたときより三十分前の死亡状態だったかどうかということですが……」

医者は白いうわっ張りの前をめくり、洋服のポケットから煙草ケースをとり出した。

「ぼくは奥さんの臨終には立会っていない医者です。だから、死後あまりたってなかったとは言えても、正確に何分何十秒前の死亡ということまでは言えませんよ」

大浜医師は煙を細く吐いた。

「そこまで伺おうとは思っていません。とにかく先生がそこに着かれたときから三十分前の死亡として不自然ではなかったのですね？」

浅井は医者の気分を和らげるように、眼もとに少し微笑を浮かべて相手の顔を見た。

「不自然ではありませんな」

医者はまだむくれた顔で答えた。

「たとえばですね、三十分前でなく、四十分前の死亡だとしても、その区別はわかりませんか？」

浅井は訊《き》いた。

「四十分前？　うむ、そりゃわかりませんね。しかし、ぼくとしては奥さんの傍についていた高橋さんの言葉を信用するほかはなかったですからな」

「そりゃ、そうです。ですが、この場合はいちおう高橋さんの言葉から離れてですね、医学的な所見としてお伺いするのですが……」

「奥さんの死亡に何か不審なことでもあったのですか？」

医者は眼鏡の奥から切れ長な眼を向けて反問した。

「いや、不審はありません。それはないのですが、家内は心筋梗塞症を持っていましたが、もう何年も発作を起こしたことがなかったのです。それがその坂道を上ってくるときに急に発作が起きたようですが、その死も早かったのではないかという気がするもんですから」

「いや、それほど早くはないでしょう。ぼくが診る前の三十分か、せいぜい四十分……一時間とはたっていなかったと思いますよ。ぼくは、奥さんを診て、これがもう少し早いと心臓のマッサージができるのだがなと思ったくらいですから。心筋梗塞では心臓部のマッサージで蘇生《そせい》する例もあるんですが、あのときはもう何もかも絶望状態でした」

「先生、いまのお話だと、先生が着かれる一時間前の死亡だと見ても、見られないことはないのですね。先生の死亡診断書の時間より三十分ほど早いというだけですが」

「三十分ね、そう、まあ、見られないことはないけど。死後一時間以内だからね。しかし、それが限界ですね。一時間を越すと、死後時間の識別ははっきりしてくる。身体はすっかり冷えてくるし、死後硬直の現われ方の早いひとだと、もう顎《あご》の筋肉あたりに出てきますからね。……しかし、奥さんはそういう状態ではなかった。だから、ぼくとしては、診断書の死亡時間に高橋さんの言葉を根拠としたのですよ。それよりほかに仕方がないでしょう？」

「そうです。そのとおりです」

浅井はおとなしくうなずいた。

「あまり問題があるようだったら、あのとき、警察に言って行政解剖をしてもらえばよかったな。日ごろからぼくが診ている患者さんではなし、病死だけど、急死には違いないですからね」

医者はそれでもねじ込みにこられたと思っているのか、嫌な顔をした。

「……それをね、女性だから気の毒だと高橋さんが言うもんだから、まあ事故死でないことははっきりしているので、ぼくもそれもそうだと思って死亡診断書を書いたのだけど」

言葉に恩着せがましい皮肉があった。

「そのご処置には感謝しています」

浅井は叩頭《こうとう》した。

浅井は大浜医院を出た。もとの坂道に戻って、上に上ったものか、下に下りたものかと少時たたずんだ。心には医師から聞いた《診断死亡時間に三十分の誤差》が揺曳していた。誤差というよりも、この場合は、高橋千代子の言葉が大浜医師の判断の基準になっているので《時間の開き》といったほうがいいだろう。

坂道を上に上れば、昨日調べが果たせなかった「ホテル・森」に行ける。しかし、タクシーで来るとき高橋化粧品店の表が閉まっていたのを見たので、足を下に向けた。歩いて五分とはかからずに化粧品店の前に出た。表のドアも、陳列品を見せる窓も、厚地の茶色のカーテンでふさがっていた。昨夜の早じまいはわかるが、今日はなぜ休んでいるのだろう。臨時休業の札も何も出ていなかった。ここでも独り暮らしと思われる女主人の姿が浮かんだ。女ひとりの商売だから気ままなのかもしれない。

坂道にはだれも歩いていなかった。屋敷町の昼下がりといった閑寂さである。「みどり荘」の若い女中が言った言葉を思い出した。彼女もこういう妙に人通りの絶えた時間に英子と出遇ったと言っていた。女中は二時ごろだと言った。いまは一時すぎである。

浅井は店のドアに寄って、カーテンの横の隙間から内部をのぞいた。隙間はほんのわずかしかない。中は暗かった。いちばん近い陳列棚《ケース》の金属品が少し光っているだけだった。高橋千代子がそこにいる様子はなかった。それでも人が動く模様はないかと思って、隙見をつづけた。

うしろに気配を感じて、浅井は振り返った。坂道の十メートルばかり上のところに長身の男が立ってこっちを見つめていた。うすいグレーのセーターに白っぽいズボンをはいていた。シェパードをつないだ鎖を握っている。近所の中年男が犬をつれて散歩中に、閉まっている店をのぞき見している彼を怪しんで睨《にら》んでいるのだった。逆光の加減で、その面長の顔は真黒だった。

浅井は、空巣狙いと間違えられないように、わざとゆっくりとドアの前を離れた。

8

――その後の調査で、結局、坂上の「ホテル・森」でも英子の写真は役に立たず、もう一軒小さな旅館がかなり離れたところにあったが、そこも駄目だった。高橋化粧品店も、その行き帰りに眼をくれたが、今度は店を開けていた。店の奥に白いうわっ張りの千代子の姿を見かけたが、浅井ははいってゆく勇気がなかった。どういう口実で話しかけようというのか。この辺を通りかかったというには、まだ千代子とそれほどの親しさはなかった。女ものの化粧品ばかりの営業では、買物の理由がない。亡妻の跡を未練げにうろついているとしか思われないだろう。

この坂道を英子が歩いていたという旅館の女中の言葉も、日がたつにつれて浅井の胸から実感がうすれてきた。それだけでは確証にはならない。その女中は、前から英子を知っていたのではなく、話をしたわけでもない。記憶がいいことと、写真に似ている女を間違えたのとはまた別である。高橋化粧品店に英子はあのときはじめてとびこんだのかもしれない。

すっかり断念したのではないが、浅井はいちおう「坂上」のことは放棄したかたちになった。そのうち、何か手がかりになるようなものが、どこかでぽかんと浮かんでくるかもしれない。まずは、そのときのことである。気長にかまえるほかはなかった。あせっても仕方がないのだ。役所の仕事で、面倒な問題のものは、先に延ばすのと似ていた。解決は向こうのほうからやってくる。

勤めがあるので、探索にかかりきりというわけにはゆかなかった。こういうことは、合間を見てとびとびというのでは気が抜ける。連続性がないといけない。何かあったらそれに集中しようということに決めて、浅井は勤務に精励した。実務では課のだれよりも自信があるのである。課長も彼を頼り切っている。

浅井が妻の急死の手がかりを代々木の「坂道」で失ってから五か月たった。

八月になっていた。課でも交替で暑中休暇をとっていた。浅井は最終の九月末から一週間とろうと思っている。暑いさかりに休んでも仕方がない。山も海も興味はなかった。どだいスポーツ的なことは嫌いなほうだった。子供がいないからせがまれることはなかった。

その九月末からの一週間というのも、漠然としたことで、とくべつに計画があるのでもなかった。どこか旅行をしようと思うが、さして気が乗っているわけでもないから、仕事が忙しかったら休暇を流してもいい。いままでがそれだった。仕事は好きであった。遊ぶほうがものぐさなのである。人から見たら、奥さんにはおもしろくない亭主だったと思うだろう。

八月の末だった。浅井恒雄は地下鉄に乗っていた。若い者のようにマイカーで出勤などしたりはしない。こんなに途中が混んでいては、神経と時間の浪費だ。地下鉄のほうがずっと涼しくて速い。浅井は売店で買った週刊誌を開いていた。それには、

《大震災が起こったら、東京でどれだけ人が死ぬか?》

という特集をしていた。浅井は、そうか、あと五日で九月一日だな、と気づいた。毎年九月一日が近づくと新聞や週刊誌のどれかがこういう記事を掲げる。浅井は関東大震災を知らない。

《大正十二年九月一日の関東大震災は、東京でマグニチュード7・9だった。震度6である。そのとき六万人が死んだ。圧死よりも火災で焼死した者が多かった。現在、東京都の人口は約一千二百万人で、大正十二年の約四百万人の三倍である。いまの東京は高層建築がひしめき合い、密集した住宅の海洋が団地を抱えこんで果てしなくひろがっている。かりに、不幸にも大正十二年のときとまったく同じマグニチュード7・9程度の地震が起こったら、犠牲者の数はいったいどれくらいになるだろうか? 現状を基準にして各方面の

専門家の話を総合してみた。……》

記事はこういう書き出しだった。

いつ、わが身に起こるかわからない話なので、読者の興味と不安を半々に煽《あお》り立てる記事である。いざというときの心得という教訓も含まれている。

浅井は後頭部を窓枠にあずけて活字を読む。半袖《はんそで》シャツにネクタイ、上着はたたんで膝《ひざ》の上に置いていた。真夏に上着持参は大事な外来者と接触するときの用意で、ネクタイは本省役人としての品位からだった。

今度、大正十二年と同程度の大地震が東京に起こると、少なくとも五十六万人は死ぬだろう、と活字は語っていた。他のデータによると百万人という説もある。そのうち建造物の下敷きになって圧死するのは二千人程度と見られる。過去の経験と同じくほとんどが焼死だ。

条件の最悪は、あらゆる道路が車で埋まることだ。このため人間の歩行が阻まれる。いちどきに押し出す群衆で車も動かず、人も動けない。車と人間との格闘が起こる。人間と人間との争闘が起こる。炎と煙に包みこまれ、逃げ場を失った群衆は蒸し焼きにされる。

車にも火がつくから、道路いっぱいに溢《あふ》れた車が次々と爆発を起こす。東京じゅうの道路にガソリン・タンクをならべているようなものだ。五百メートルに一軒ぐらいの割合で建っているガソリン・スタンドも爆発して火災を手伝うだろう。建物の火災によるよりも、このほうの焼死が多いかもしれない。大正の震災にはなかったことである。ところどころに避難場所として公園とか学校のグラウンドとか神社の境内とかが指定されてあるが、殺到する人間を収容しきれないし、そこに到達するまでにほとんど焼死する。こういうのは日ごろの気休めにすぎない。縦横に張りめぐらされた地下のガス管が地割れによって露出し、これも火炎を噴き上げる。――

《これは夢物語ではない。絶望的な災害はいつ起こるかわからない。大正十二年(一九二三)からそろそろ半世紀になろうとしている。万一という危惧はだれにもある。げんに、今年にはいってから東京で人体に感じた地震はすでに二十三回、うち震度2が十一回、震度3が三回、なかでも三月七日午後三時二十五分の震度3は、戸棚やタンスの上のものが落ち、戸外にとび出した人も少なくなかった。もっとも専門家はこうした現象が大地震の前ぶれとはいえないと言っているが、都民の不安は専門家の保証だけでは消えない。絶対的な保証はどこにもない。……》

浅井は役所で仕事をする。午前中は忙しいし、気分の集中ができる。だが、今朝はその精神の凝集を妨げるものがあった。

原因は、地下鉄で読んできた「東京大震災」の予想記事だった。いや記事の全体ではない。災害の恐怖を盛る記事なかに埋めこまれた数十字の活字だ。それが彼を落ち着かなくさせていた。

（三月七日午後三時二十五分に東京で震度3の地震があった）

三月七日は彼は神戸に出張中だった。局長のお供で阪神地区の食品工場を視察していた。だから、東京の地震のことは知らない。

（英子の死は、医師の診断によればその日の午後四時五分となっている。三時二十五分の地震と英子の死とは何か関連があるのではなかろうか）

そんなことはあるまいと浅井は思った。英子がとくに地震を怕《こわ》がっていたということはない。東京で生活していれば、少々の地震には馴《な》れている。彼女は心筋梗塞症《しんきんこうそくしょう》だったが、地震の衝撃から発作が起きたということはありそうにない。彼女との生活をふり返ってみても、地震で顔色を変えたという場面はなかった。

浅井は昼飯に食堂に下りた。カレーライスを食べながら、前でクリームソーダをすすっている若い職員に訊《き》いた。

「いま出ている週刊Rの東京大震災の予想記事を読んだかね？」

「いや、まだです」

若い職員は目下の現実以外のことには興味のない顔で答えた。

「それに出ていたんだが、三月七日に東京で強い地震があったそうだね？」

「三月七日……？」

職員は思い出そうと眼を上に向けていた。

「ぼくは関西出張中で知らなかったのだよ。週刊誌によると、震度3で、棚の上のものが落ち、戸外にとび出した人も多かったそうだ。震度3といえば相当に強い」

「ああ、そういうのがありましたね」

下僚は思い出して呑気《のんき》な口調で言った。

「日にちは忘れましたが、春先にそんな地震がありましたね。このビルはそれほどでもありませんでしたが、家では戸棚の上のものが少しは落ちたと女房がいってました。近所でも柱時計の振子がとまった家があったということでしたね」

「奥さんはびっくりなさらなかったかね？」

「かくべつおどろきもしなかったようです。家がミシミシときしんでもすぐにおさまると思ってますからね。寒いのに外に出ることもなかったでしょう」

東京で地震が賑《にぎ》やかな話題になるのはよほどのことだった。どの家庭も棚から軽い品物が落ちるくらいではそれほどおどろかない。

浅井はいちど課に戻って資料室に行った。新聞縮刷版の三月号を借りて、その場で三月八日付けの朝刊を見た。地震のことは下のほうに小さく出ていた。

《七日午後三時二十五分、東京に震度3という強い地震が起こり、棚の上の物が落ちるなどして都民をおどろかせた。気象庁の話では、震源地は房総沖五十キロの海底とのこと》

都民の全部がおどろいたわけではない。これは記者の文飾であろう。

浅井は前のページを繰った。天気図が出ている。

《六日夕刻から七日いっぱいにかけて関東地方には寒冷前線が通過する。平年より三度は低くなりそう。山間部では雪が降るかもしれない》

浅井は資料室を出た。

若い職員が「寒いのに外に出ることもなかったでしょう」と言ったのは、彼が帰宅してその細君から地震の話を聞いたときの言葉をおぼえていたためだろう。関西は暖かだった。浅井が八日の朝、東京に着いたときは寒冷前線が去ったあとだったのか、それほど冷たいという印象はなかった。

三月七日の英子の発作死と、震度3の地震とはすぐには結びつかない。まして寒冷前線の通過とは関係がない。

浅井は、心にひっかかっている地震の活字を裏に封じこんだ。

九月一日は地震も起こらなかった。

九月半ばの日曜日、英子が所属していた俳句結社の同人が機関雑誌を届けにきた。英子を俳句にすすめた女友だちで、同年である。

薄い雑誌の表紙には「浅井英子追悼句集」という活字が刷りこんであった。

女友だちは仏壇を拝んで挨拶《あいさつ》した。

「英子さんの約百五十句の中から、五十句ほど先生がお選びになりました」

鈴木美恵子という女友だちは、雑誌を手にしている浅井に説明した。

「百五十句もつくっていましたか？」

浅井は俳句には興味がないので、英子の句作にも関心がなかった。小唄や日本画の稽古《けいこ》と同じように見ていたのだ。百五十句もつくっていようとは思わなかった。

「粗製濫造ですね」

「いいえ、とんでもありませんわ。素質がうかがえる句ばかりですわ。もう少し長生きしてらしたら、わたくしなど足もとにも及ばない秀作が揃ったと思います。先生も残念がっておられます。お世辞でなく、ほんとうですわ」

「そう言っていただくと妻もよろこびます」

浅井はページを繰った。追悼句は巻頭からならべられてあった。作品のできた年月の順である。といっても二年あまりの間だった。

浅井は終わりのほうにならんでいる中の二句に眼をとめた。

《いかめしき蘇民将来《そみんしようらい》春の牛》

《金色の山鹿《やまが》灯籠《とうろう》花の燭》

彼は首をひねった。

「これはどういう意味ですか？」

鈴木美恵子は説明した。

「蘇民将来というのは厄除《やくよ》けの神さまの名だそうですが、お寺から出されている護符のようなものです。木を六角に削った塔のような形で、蘇民将来と書かれ、絵具できれいに彩色されてあります。土地によって、その形や大きさや模様が違うそうですが、ちょっといかめしい感じがします」

「信仰の品ですか」

「お守りですわ」

「春の牛というのは？」

「その護符をお寺から受けた、お寺の境内には牛がいた。いかめしい護符と、春ののんびりした牛との対照のおもしろさでしょう」

「そういう寺が東京の近郊にあるんですかね？」

英子は吟行にも参加していたし、ひとりで句作の取材にも出かけていた。

「さあ、どうでしょうか。わたくしは存じませんけれど。でも、実景でなくとも、空想の風景を句にすることはあります」

「あとの句の、山鹿灯籠というのは？」

「山鹿は熊本県の温泉地で、そこでは古くから紙細工で灯籠をつくり神社に奉納する風習があるそうです。灯籠といっても、宮殿とかお城とか芝居の舞台のような美しい家を紙細工でつくったもので、それはそれは精巧なものだそうです。金色の、というのは金紙細工の灯籠のことで、山鹿ではお土産品に売っているそうです。これは英子さんが、先生にこの句を出されたときにお話になったそうです」

「英子は、九州に行ったことはないはずですが」

「どこかで見かけられたんじゃないでしょうか。たとえばデパートの九州物産展というようなところで陳列してあるのを。それをごらんになって、金色の紙灯籠だから、花の燭という発想が生まれたと思いますわ。豪華絢爛《けんらん》といっていい句ですわ。いかにも女性らしくて。英子さんは想像力の豊かなかたでしたわ、お羨《うらや》ましいくらいに」

「そうですか」

小唄、日本画、俳句という一連の趣味だから、夢みたいなものはあったろう。

「ほんとうに惜しいかたが早く亡くなられました。……ご主人さまのお気持ちをお察ししますわ」

昼間だけ近くの老婆に手伝いに来てもらっている浅井の独身生活を、鈴木美恵子は賞賛するように言った。

九月末に異動があった。課長が変わり、浅井は課長補佐となった。一階級の昇進でも、有資格者《キャリア》でない者には、実力である。課長まではもうひとふんばりである。もちろん浅井は暑中休暇をとらなかった。

新任の課長が浅井を自宅に招待してごちそうしてくれた。課長の自宅は原宿《はらじゅく》にある。浅井は帰りに課長が呼んでくれたハイヤーに乗って自分の家に戻りかけたが、途中で気が変わった。原宿から代々木は近い。久しぶりに「坂道」を通ってみることにした。車だから、回り道をしても時間はかからない。

運転手は車の方向を変えた。浅井にはわからない道順だったが、それが別方角からの坂上だった。「みどり荘」の前を通り、「たちばな荘」の門の前に出た。九時すぎで、屋根の上のネオンが夜空に光っている。半年ぶりに見る風景であった。

「この坂道を下りるんですか?」

運転手が振り返った。

「そう」

浅井は前を見て迷った。道が違うようだ。坂道の下の左側の高いところにネオンが上がっていた。

「ホテル・千代」

あたりが暗い屋敷町なので、赤い輝《き》きは冴えていた。新しいのである。坂上から見ても、ネオンの位置は高かった。前にはこういうものがなかった。目標が違っている。

車が坂道を下りた。浅井は左側をのぞいた。新しいホテルができていた。三階建てのようである。正面もひろい。高橋化粧品店は消えていた。だが、一瞬のうちに眼から走り去った。

「ちょっと」

浅井は坂下に出たところであわてて車をとめさせた。

「ここでいい。ここで降ります。用事を思い出したから」

ハイヤーの運転手だから、車を降りて外からドアを開けてくれた。

「お待ちしましょうか?」

「いや、けっこうです。長くなるから、帰ってください」

浅井は坂道を上に向かって歩いた。

9

「ホテル・千代」はやはり三階建てであった。

浅井は坂道の反対側に立った。高橋化粧品店を訪ねて、義妹の美弥子と初めてここに来たときに見た竹の伸びているコンクリート塀の下だったが、あのときに見た「小林」という門標は、今は前のホテルのネオンにほの紅《あか》く染まっていた。

ホテルは、近ごろのことで、かなり凝った建築様式になっている。南欧ふうともいえるし、ヨーロッパの復古調ふうともいえる。しかし、どのように典雅でもアベックホテルには変わりなかった。

しかし、まさに忽然《こつぜん》と出現したという感じであった。浅井はあれから半年近くもこの辺に来ていない。高橋化粧品店と、その隣の欅《けやき》のあった竹垣の屋敷は取り払われ、そのあとに整地が行なわれ、ホテルの建築がはじまるなどの諸工事を見ていなかった。それで、眼をみはり、しばらくは呆《あき》れる思いでまじまじと外観を眺めたものだった。

「ホテル・千代」とあるからには、高橋千代子の名を取ったのだろう。げんにあの小さな化粧品店はあとかたもなく消え、そこはホテルの白い塀の端になっていた。塀の中には南欧ふうに糸杉が立ちならび、間々には栗に似た葉をつけた木が、たぶん、それはマロニエに模した栃《とち》の木であろうが、雰囲気をつくるようにこんもりと繁っていた。もちろんこの界隈《かいわい》いちばんの高い欅の樹も消えていた。

低い石垣も、その上のツツジを植えた土手垣も白いコンクリート塀と代わり、台地はゆるやかな勾配《こうばい》をつけ、芝生を植え、広い門からホテルの正面までの幅広い車の出入り路が公園のようについていた。

短い石段の上にあった冠木門《かぶきもん》の家はどうなったのだろう。植込みの奥にあった二階家は古いお屋敷といった日本家屋だったのに。あの家の竹垣だけでも百二十メートルくらいの長さがあったから、高橋化粧品店を併合したホテルの敷地は相当な広さである。

前の屋敷は、たしか「久保」という標札が門に出ていたな、と浅井は記憶を戻した。美弥子と来たとき、たんねんに近所を眺め、標札を眼に入れて歩いたものである。

久保という家が隣の化粧品店を買収してこのホテルを建てたのだろうか。だが、それにしては「千代」というホテル名が高橋千代子に合い過ぎる。あるいは、「センダイ」と読ませる漢字が偶然にいっしょになったのか。あの小さな化粧品店の、独身で、店員も置かずにどうにか経営していたような女主人が、隣の土地屋敷を買い取って、こんなホテルを建てようとは思えない。

それとも、まったく別な第三者が、久保家と高橋化粧品店とを買い取ったのかもわからない。アベックホテルは儲《もう》かるという話だ。それも閑静な「高級住宅地」にあるのがいいようである。客は、高級な気分を味わえる上に、近所は夜になると人通りが途絶え、外灯もまばらで暗いから、賑《にぎ》やかな、明るい街にあるよりも、この環境をはるかに好む。げんに坂上の「たちばな荘」も「みどり荘」も栄えているようである。資金を持っている人間がこの「坂道」に目を付けないはずはなかった。

この前、上京してきた柳下ハムの社長柳下の話だと、温泉地では連込み旅館に転向するむきが多いそうである。ふつうの旅館では女中不足で客のサービスに手が回りかねる。それにくらべるとアベック用のサービスは不要だし、部屋の回転率もいい。設備だけで儲かるというので、さすがに一流はそんなことはないが、他はぞくぞく流儀を変えている、ということであった。

だが、浅井はそこに立っているうち妙な気がしてきた。まさにその坂道の位置こそ、英子が急死する前に歩いていたところではないか。「みどり荘」の若い女中の目撃が確かだとすると、英子を見た地点にアベックホテルが出現したのである。ふしぎな暗合であった。そうして英子が死の際に立ち寄った高橋化粧品店もホテルの一部になっている——。

浅井は、翌日、役所に出ると、省内の者に頼んで、代々木管内の保健所から「ホテル・千代」の届書を写してきてもらった。

その書類をひろげて浅井は思わず瞳《ひとみ》を開いた。「ホテル・千代」の社長はまさしく高橋千代子がなっていた。

あるいは、という気がしないでもなかったが、やはり愕《おどろ》きを受けた。これは、どういうことだろうか。

高橋化粧品店は流行《はや》っている店ではなかった。店の中にはいったのは一度きりだが、その後、通りがかりに外からのぞいても、客のはいっているのを見たことがなかった。店員の必要どころか、女主人ひとりでも手持ち無沙汰《ぶさた》だったのである。

英子が世話になった礼に行ったときも、高橋千代子は、店は閑《ひま》だといっていた。近所の環境に合わせて高級化粧品ばかり揃えたのだが、やはりまだ時期的に無理なようだったと、それとなくここで開店した失敗を洩《も》らしていた。濃いけれど上手な化粧で、その厚い唇も周囲を白粉《おしろい》で刷《は》いているあたり、ちょっと魅力的でないこともなかった。浅井は高橋千代子が印象的だっただけに、店の経営がうまくいってないのを気の毒に思ったものだ。その女が、ホテルを建てる景気である。化粧品店の商売から弾《はじ》き出した発展ではない。彼は、届書に肩をならべている役員の中に「久保孝之助《こうのすけ》」という字を見た。取締役であった。

久保?……久保。……

冠木門の標札の姓であった。あれだ。

資金のことは外部にはわからぬ。見かけは貧弱そうな商売でも意外な資産を持っているのがいるし、繁栄している事業のようでも、内部は火の車という場合も多い。また、これはという人に思わぬ資本家が援助していることもある。

高橋千代子はどうだろうか。どうやら独身のようだが、陰にスポンサーが付いているのかもしれない。美弥子がいち早く注目したように、あの女には媚態《びたい》がひそんでいた。女の眼に映るくらいだから、こっちの感じばかりではない。後ろからコートをかけてくれたときの香水の匂いが彼の鼻の先に蘇《よみがえ》った。

商品にしても高級品ばかりだった。外国製品も少なからずあった。店は小さいにしても相当な資本である。どうも背後に援助者があるようだ。彼女がずっと独身だったとすれば、これまで男の眼につかないはずはなかった。

化粧品店からアベックホテルとは、変わった転向だが、高橋千代子の気持ちもわからなくはない。彼女はこの界隈の環境に合わせた化粧品店を開いたと言っていた。環境と商売に鋭敏な感覚をもつ女だとすれば、坂上のアベックホテルの商売に魅力を感じた理由がわかる。隣の久保という家をうまく説得して買い取ったのだろう。相当高い金を出したにちがいない。

だが、平取締役とはいえ「ホテル・千代」の役員に久保孝之助がはいっている。もし同一人とすれば、ホテル設立には隣の主人も協力したのだろう。たとえば、自分の土地を提供するといったようなことである。よくある例だ。

しかし、それだったら、久保氏はもっと役員として上位についていい。役員名を見ると、専務はなく、常務が高橋佐知子《さちこ》と女名前になっていた。妹か何かだろう。それにしても土地の提供はたいそうな出資だから、社長には久保自身がなるか、専務になるかしてよい。平取でかすんでいるわけはなかろう。——

部長が呼びに来た。

来客が三人ある。浅井は、山形県の農協役員の名刺を渡された。

「今度、総合農業の一環として、こちらの農協では食品工場を新設されることになった。つまり、ハムやソーセージをつくる工場だな。これまでは果実の缶詰をやってこられたが、今後は食肉の加工もやられるそうだ。ついては、技術面や流通面でいろいろと知恵を借りたいと言ってこられた。君からひととおりお話ししてくれんか」

部長は紹介した。

組合長が代議士の名前を出した。何々先生のご激励でというようなことを言ったが、本心は代議士の威力を役人に利かそうというのである。

そこで浅井は、課長補佐としてひととおりのことを話す。食肉加工は彼の守備範囲であった。いろんな工場を見て、知識は専門家なみであった。柳下ハムからの仕込みがだいぶんはいっている。

話しながら浅井はまだ「ホテル・千代」のことを考えていた。

……久保孝之助が平役員で納得しているのはどういうわけだろう。営業が営業だけに控え目にしているのだろうか。それとも表面では目立たぬようにして実は強い発言力をもっているのだろうか。その両方ともいえる。

高橋千代子と久保孝之助の間柄はどうなのだろう。単なる隣人どうしというだけだったのか。隣人が有利な商売の点で意見が一致し、共同経営者になったということなのか、それとも……。

「ハム、ソーセージ工場を見学したいのですが、それにはどこに行ったらいいでしょうか?」

農協の役員が浅井の説明がひととおり済んだところで質問した。浅井のその説明も一方では「ホテル・千代」のことを考えながらであった。所管の「行政指導」として内容を知悉《ち しつ》しているから、居眠りながらでも話せるのである。

「それは神戸の柳下ハム会社がいいでしょう。あそこは設備も完備しているし、経験豊富です。最近も東村山に分工場をつくることになりました」

柳下とはとくべつ昵懇《じっこん》である。

「現在の養豚状況はこれくらいですが、どのくらい拡充したらいいか」

という質問がある。浅井は彼らの事業規模を聞き、それに適当した数字を答える。

「地域農村が政府の農業転換政策に消極的な面がある現在、あなたがたの前向きの姿勢には敬意を表します」

部長が横からお世辞を言った。「前向き」とは空虚な政府答弁用語だ。部長は地方から出てきた農協役員には好んでこの言葉を使う。

部長の空疎な用語に安心したわけではないが、浅井は「ホテル・千代」の思案をつづけた。

——ひょっとすると、久保孝之助が高橋千代子の援助者ではなかろうか。隣どうしだから怪しいものだ。そうだとすれば、久保と千代子とがいっしょにホテルをつくったのもわかるし、久保が役員で名前を控え目にしているのも察しがつく。あの大きな屋敷に住んでいた男だ。どのような事業を持っているのかわからないが、金持ちには違いなかろう。

いや、しかし、高橋千代子が久保の隣で化粧品店を開いていたのは、いくら何でも大胆である。自分の女に隣で店を持たせるとは少々露骨すぎる。あるいはこの想像は違うのかもしれない。

「近いうち、わたしどものほうにご視察に来ていただけませんか、いかがなものでしょう？」

組合長が浅井のほうを向いた。彼は思案から醒《さ》めた。

「は？」

「浅井さんに一度ご来県いただきたいのですが。わたしどもはみんな素人ですから、なにぶんのご指導をお願いしたいのです」

「近いうちに都合がつかないかね？」

部長が彼に顔を回した。紹介の代議士に気を兼ねていた。

浅井が山形県の出張先から帰ると、高橋千代子と久保孝之助の身元に関する調査の報告ができていた。彼が出張する一週間前に興信所に依頼しておいたものである。

もっとも、浅井は農林省課長補佐である自分の身分を考慮した。で、彼は変名でその興信所に出向き、依頼の用件を述べ、調査費用の手付金を置いた。住所もでたらめを言い、電話は持ってないと言った。報告書ができあがったら、自分のほうから残りの金を持ってそれをもらいにくると言った。

山形出張から帰った日に興信所に電話すると、調査報告書が完成していることを聞かされた。彼はタクシーで先方に行き、約束どおり残金を支払い、幅広の封筒を受け取った。こうすれば、どこの誰が高橋千代子と久保孝之助の調査を依頼したかわかりようはなかった。

その調査報告の内容は、だいたい次のような要点だった。

《高橋千代子は三十六歳。十二年前に横浜の小沢文太郎《おざわふみたろう》という貿易商と結婚し、五年前に離婚している。離婚の理由は文太郎の女性関係にあるらしく、当時相当な金をもらって別れたということだが、金額はわからない。文太郎はすぐに再婚している。

千代子はその後、品川《しながわ》のほうで美容院を経営していたが、自分には技術がないので、客の頭をいじるということはなかった。経営手腕はあったようで相当に客がついていた。そのうち、化粧品問屋の主人と親しくなり、それが先方の妻女の知るところとなってトラブルが起こった。妻女がたびたび店に乗り込んだりして評判が高くなったので、土地に居づらくなり、三年前から代々木山谷××番地に化粧品店を開いた。化粧品問屋の主人は京橋に店を持つ樋貝源吉《ひがいげんきち》という五十二歳の人で、かなりな資本を持っている。千代子が代々木に店を開いたのは樋貝源吉の援助によることはもちろんで、現在も愛人関係はつづいているとみられる。今年になって隣家の久保孝之助の敷地約三百坪を買い、化粧品店の敷地約三十五坪と合わせて「ホテル・千代」を建てたが、その費用のほとんどは樋貝源吉より出たものと推定される。なお久保孝之助は株式会社「ホテル・千代」の取締役になっているが、これは敷地の買取り交渉に当たり、利益金の配分を条件にしたと高橋千代子は知人に洩《も》らしている。そういう条件でも付けなければ、あの屋敷を譲ってもらえなかったとの説明である。この買取り交渉には樋貝源吉が当たったといわれている。「ホテル・千代」は営業好調である》

ははあ、やっぱり高橋千代子は完全に独身ではなかった。さしたる美人ではないが、年増相応の魅力を持っている女である。独りでいるはずはないと思ったが、案の定、援助者が付いていた。美容院と仕入れの化粧品、化粧品と問屋、筋道は物を媒体として愛欲関係が結びついている。

小さい店ながらも高級化粧品ばかり揃えていたことも、その店が隣の屋敷を買い取って南欧ふうな、ちょっと体裁のいいホテルを建てたことも、報告書はすべて浅井に納得できることを教えてくれた。

《久保孝之助は三十八歳。妻和子は三十二歳、結婚後十年だが、子供はいない。代々木山谷の屋敷は絹織物の問屋だった父親が五十年前に建てたもので、孝之助はそこに生まれると、今回ホテルに売り渡すまで住んでいた。

久保孝之助は某私大の商科を出て、父親の死後、家業を継いだが、業界の不況もあって、失敗、その後は叔父の経営する繊維会社の総務部長となってサラリーマン生活をしている。家業の失敗で資産はそれほど多くはないが、それでも先代が遺《のこ》した土地が都内に何個所かある。会社の評判は中程度。素行の点では非難を聞かない。酒はつき合い程度。代々木の家を売ってからは、目下、東中野《ひがしなかの》のケヤキ・マンションの三階の一室を借りている。
妻の和子は胸部疾患で、一年半前から長野県の高原療養所で療養生活を送っている。久保孝之助は毎月、月末の土曜日から日曜日にかけて妻の見舞いに療養所に行っているということである。しかし、女性関係の噂はない》
浅井が想像していた高橋千代子と久保孝之助の愛情関係は、この興信所の調査報告書によって完全に否定された。

10

興信所の調査報告では、高橋千代子と久保孝之助とはまったく個人的な関係はないという。だが浅井恒雄は疑いをもっていた。
久保孝之助は生活にそれほど困っていない。それどころか父親の遺産として都内数個所に地所があるというのだ。都内のどの辺か報告書は明記してないが、亡父が早い時期に買った土地だから旧市内またはそこに近い周辺であろう。周辺といっても現在は副都心といわれている地域にちがいないから、たいへんな財産である。また、久保自身は叔父の繊維会社の総務部長でいるから、これも相当な給料と思われる。彼は父親の死後、事業に失敗したかもしれないが、まだまだ裕福なのだ。家族も妻と二人きりである。

その金に困らない男が、どうしてあの邸宅を高橋千代子に売ったのだろうか。東中野あたりのマンションに住むより、もとの屋敷にいたほうがよっぽど体裁がいいはずである。環境からして違うではないか。

環境といえば、高雅な閑静さを湛《たた》えている屋敷町に同伴旅館が侵入しつつある。文教地区だとこれを防遏《ぼうあつ》できるが、法令の適用を受けない区域は無防備である。そのたびに町内ぐるみで抵抗するが、効力はないらしい。たぶん、あの坂道の屋敷町でも「ホテル・千代」ができるとき、環境を汚すものとして町内で防衛運動を試みたにちがいない。金に困るわけでもないのに、久保孝之助はなぜ顰蹙《ひんしゅく》すべき営業に、町内の白眼視をよそに、その屋敷を売り渡したのだろうか。しかも自分がそのホテルの役員に納まるとは。

これは、もっと事情がありそうである。興信所の調査は皮相のようだ。妻を療養所に送っている四十前の男と、夫と別れ、中企業の社長の世話になっている三十女とが隣どうしでいれば、何かそこに特別な事情の発生がありそうだ。高橋千代子はきれいというわけではないが、なかなか魅力のある女である。上品な言葉遣い、巧みな化粧、ちょっとした動作にこぼれる嬌態《しな》――妻を療養所に送っている中年男には冷静な対象でなかったであろう。屋敷を簡単に彼女に明け渡したのも、あまり風儀のよくないその営業に役員として名前を連ねたのも、そのへんに原因がひそんでいそうである。

――こんなことを浅井が考えるのも、単に興味本位からではなく、妻の英子が急死の直前に歩いた地点が、ちょうど久保の屋敷の前だったと聞いているからだ。英子が、その地点が示すように、久保と千代子との間に介在しているような気がしてならないからであった。

浅井の脳髄のひだの隅には、英子が死んだと思われる時間帯に、震度3の地震があったことがこびりついている。この地震と英子の死とが関係があるかどうかはまだわからないが。

高橋千代子は浅井に地震のことは話さなかった。それは英子が彼女の店に駆けこむ前だったかもしれない。前だとすれば無関係だから話す必要はない。もし英子が彼女の店の奥に横たわっているとき、それほどの地震があったのなら、印象的だから話に出てもいいはずである。それとも東京の人間は少々の地震には馴《な》れっこになっているから口に出さなかったのか。このへんのところはよくわからないながらも、浅井の頭から拭《ぬぐ》いきれない。

もう一つは英子の俳句である。雑誌の追悼句集にならんだ句には「蘇民将来《そみんしょうらい》」とか「山鹿灯籠《やまがとうろう》」とかがあった。浅井はこれまで一度もそんなものを妻の口から聞いたことがなかった。英子が民芸品に趣味を持っているとは思えないのだ。そういうものを家で蒐《あつ》めてもいないし、デパートに買いに行ったということも聞いていない。これは、出先で見たものであろう。彼女の急死とそれと、どう関わり合いがあるかという判断もできないながら、同じように、気がかりなことであった。

浅井は、よほど「ホテル・千代」に行って内部の様子を見ようかと思った。だが、高橋千代子と正面から会うのは避けなければならない。面会の口実がないだけでなく、もし英子の急死と裏で関連があるとなれば、警戒されるだけである。

新しくできたホテルの中を見れば、そこに何か手がかりになるようなものが――もちろん、都合よくそういうものが眼につくはずはないが、どこかに暗示となるようなものが拾えるのではないかと想像したりする。幻想ともいえるそんな当てにもならぬ期待を抱くほど、千代子と久保との間に疑惑を強めている。

だが、今度ばかりは「たちばな荘」や「みどり荘」のように一人で「ホテル・千代」に乗り込むわけにはゆかなかった。前の場合は失踪《しっそう》した妻の行方を訊《たず》ねるという口実で行けたが、今度はその嘘が通らない。女中などに訊《き》いているうちに、いつ主人の高橋千代子が出てくるかわからないからだ。

それでは偵察ということにして、だれか知合いの女性を頼んで同伴で行ったらどうだろうか。だが、これも頼む相手がいなかった。ほかのことと違い、たとえ見かけだけでも、連込みホテルについてきてくれるような女は、思い当たらなかった。

浅井は義妹の美弥子のことを思いつかないでもなかった。姉の死の真相を探るためだといえば承知しそうな気がする。だが、美弥子も人妻だ。これという確実な証拠でもあれば別だが、漠然と様子を見に行くというだけでは承諾しないにきまっている。うかつに切り出すと、妙な野心を抱いて誘うようにとられかねない。まあ、こっちの気持ちを知っている義妹だから、そこまでは考えないにしても、たとえ偽装にしろ、同伴ホテルにはいるとなれば相当な勇気だし、亭主の事前承諾は得られそうにない。黙ってそんな場所に連れ出したら致命的な誤解を受けよう。

「ホテル・千代」に様子をのぞきに行く計画は、適当な相手がみつかるまで、浅井は放棄しなければならなかった。

浅井は、高橋千代子は知っているが、久保孝之助を見たことがなかった。いったい、どのような男だろう、どんな顔をしているのか、一度見ておきたいと思った。

久保孝之助の住所は、興信所の報告で、東中野のマンションで部屋の番号もわかっている。勤務先は京橋のR繊維会社で、これも番地や電話番号が判明している。自分の顔を知られることなく、先方の顔を見るのは、どっちの場所に行ったほうがいいか。

マンションだと、その部屋の前の廊下を歩きながら、久保孝之助の出入りするのを目撃するという方法もある。が、これは相手がいつ廊下に現われるかわからないし、あんまり長いことうろうろしていたら、他の部屋の者や管理人などに怪しまれそうである。いつぞや、高橋化粧品店の閉まった表戸をのぞいていたら、空巣狙いと間違えられたか、犬を連れた近所の背の高い男に後ろからじっと睨《にら》まれたことがある。外来者が用もなくマンションの廊下をうろついていたら、見とがめられるにきまっている。

もう一つの方法はR繊維会社に行ってみることだ。こっちは久保の勤務先だから、彼が外出や出張でもしていない限り、つねに総務部長席にいるはずである。これをよそながら眺めることだ。会社の廊下というのは役所でもそうだが、見知らぬ外来客が右往左往してとんと道路と同じである。――浅井は勤め先のほうを選んだ。

昼の一時すぎ、課長には私用があると断わって、役所を出た。虎ノ門まで歩いて地下鉄で京橋までは二十分そこそこで、R繊維会社は地下鉄の出口から歩いて十分とはかからなかった。

会社はビルの四階で、五部屋ぐらいを通して占めていた。廊下側は曇りガラスの窓になっていて、中の様子はうかがえなかった。役所と違い、社名は出ていても課の名前を付けた突出し標識もないので、どの部屋が総務部なのか見当がつかなかった。

このとき浅井は、茶色のサングラスをかけていた。少しでも人相をわからなくするためだった。近ごろはこんな眼鏡は珍しくないので不自然でもない。この前、興信所に行ったときもこの眼鏡をかけたものだ。

だれか女の子でも出てこないかと、浅井は茶色に映っている廊下を人待ち顔にぶらぶらしていると、エレベーター側に近い端の部屋から、水色のうわっ張りの下に脚を出したミニスカートの若い女が、書類を片手に現われた。

浅井は女の子に近づいた。

「あなたはR繊維さんのかたですね？」

「そうです」

女の子は浅井を見上げた。

「総務部はどの部屋ですか？」

「総務部でしたら、この部屋です」

彼女は自分が出た隣の部屋を指さした。

「ああ、そうですか。……いま、久保総務部長さんはおられますかね？」

浅井は、彼女によくわかるように久保という名を大きく言った。

「たぶん、いると思いますが」

「総務部長さんは、あの久保孝之助さんですね？」

「はい、そうですけど」

女の子はもう一度、サングラスの浅井の顔を見た。

「いや、その、ぼくね、いまこのビルのほかのオフィスに時間の約束で行かなければならないので、その帰りに久保部長さんにお目にかかろうと思ってるのです。ところが、ぼくは初めてだもので、お顔をよく知らないので、ここを通りかかったついでに、ちょっと教えてもらいたいと思いましてね。そしたら、あとで迷わずに、まっすぐに久保部長さんにお目にかかりに行くことができますから」

この口実はあまりうまい論理ではなかったが、女の子はべつに気にもとめず、

「じゃ、どうぞ」

と、さっそくその部屋の入口のドアを開けた。

「どうも……」

浅井は小さい声で言い、女の子の後ろからドアの中に一歩はいった。事務をとっている社員たちがいっせいにこっちを見そうで、少しひやひやしたが、そんな心配は少しも必要なく、ひろい室内にはところ狭しとならべられた事務机があり、それにかがみこんでいる社員や立っている社員のなかで、だれひとりとしてこっちを振りむく者はなかった。入口は部屋の受付になっているのだが、そこにはだれもいなかった。

「久保総務部長さんは？」

浅井は、女の子の耳もとでそっと訊いた。

「部長さんは、あそこにおられますわ」

女の子は持った書類を胸のところに掲げ、陰から目立たないように指さした。その方向は部屋の奥の、外側の窓ガラスのほうだが、そのほぼ中央あたりに大きな机が三つばかり

ならび、五、六人の男がすわったり机のぐるりにたたずんだりしていた。

「ど、どのかたですか？」

浅井は眼をそっちのほうにつけたまま、女の子の耳にまた細い声で訊いた。

「三つある机の、向こう端にすわっている背の高い人ですわ、眼鏡をかけた……ほら、いま前に立っている課長さんと話しているでしょ、あのかたが久保部長さんですわ」

女の子は浅井の視線を誘導するように横顔を小さく動かした。

「あ、あの眼鏡の、いま煙草を口にくわえられた……？」

浅井の声はひきつった。

「そうです。あの人です」

「ライターで火をつけている人……？」

「ええ」

浅井は、女の子に短い礼を投げて、急いで廊下に出た。

久保総務部長の顔は——この春、浅井が高橋化粧品店の表戸をのぞいているとき、道路に立って睨んでいた、あの男であった。グレーのセーター姿で、シェパードを連れ、浅井がこそこそと遁《に》げ去るのを見送った、面長な顔の……。

浅井はその足で、神田《かんだ》にある興信所に向かった。

応接間には、この前の男が出てきた。

「先日の調査の件で、もう一度、再調査してもらいたいのですが」

茶色のサングラスをかけたままで浅井は言った。

「はあ、この前のが不備でしたか？」

興信所の調査部主任は眉《まゆ》をちょっと曇らせた。

「いや、そういうわけじゃないが、今度は久保孝之助氏を重点的に調査してもらいたいのです」

「はあ、で、どういう点を？」

「代々木にいたころの久保氏の日常生活ですがね」

「日常生活ですか。現在じゃなくて、代々木の家にいたころですな？」

「現在も知りたいけど、さし当たり代々木のころです。ホテルになる前にいたときの」

「ホテルにするためあの家が崩されたのは四月末でしたね。はてね、その前の生活を調べるとなると、ちょっと面倒ですな」

「調査費は、はずみますから」

「あの近所はお互いに交際していませんからね、断絶ですよ。近所からの聞込みは無理ですね。はて、どういう方法がいいかな……」

専門家は腕を組んだ。

「まあ、なんとかやってください」

「久保氏の日常生活といっても漠然としていますが、お知りになりたい主な点はどういうことですか？」

「そうですね、三月七日の午後、彼が自宅にいたかどうかです」

「三月七日の午後ね……」

相手はメモをとった。

「その日の午後三時二十五分に強い地震がありました」

浅井は言った。

「地震？　地震と久保氏のことと何か関係がありますか？」

「ないかもしれませんが、その日、強い地震があったから、その印象で、思い出してもらう手がかりになると思います」

「なるほどね。久保氏が家にいて、その時刻にどうしていたかを知ればいいんですね？」

「そうです、地震のときに限らず、その日の午後ですね。そう、四時ごろまで」

「そのなかでもとくにお知りになりたい点はありませんか。それがわかれば、調査のヒントにもなります」

「そうですね。午後に、久保氏のところに訪ねてきた人があったかどうかを知りたいですね」

「ははあ、それは、女性ですか？」

興信所の者は、前の報告に高橋千代子との間柄を書いているので、まだ彼女のことだと思っているらしかった。

「高橋さんだけじゃありません。高橋さんもそうだったかもしれないが、そのほかに……」

「そのほか?」

「女でも男でもかまいませんが、とにかく七日の午後にあの家に来ていた人のことです」

浅井の言い方は鈍った。脳裏には英子が浮かんでいたのだが、さすがにそれは輪郭でも口に出せなかった。訪問客がわかれば自然と知れてくることである。

「そういうことになると、家の人しかわかりませんな」

相手はむずかしい顔になって、

「奥さんは信州のほうの療養所に行っているんでしたね。あとは、お手伝いさんかな」

と言った。

「お手伝いさんね、なるほど、しかし、あなたのほうの報告書では、久保氏の家ではお手伝いさんはいなくて、家政婦だとありましたね」

「それは家政婦派出会から来ているんですよ」

「それじゃ家政婦派出会で訊《き》くと、その家政婦に会えるわけですね?」

「そうです。しかし、なかには同じ家に交替で行っている家政婦もいますからね。三月七日に久保さんの家に行った女を見つけるのが先決ですね」

「ほかの日に行った家政婦に訊いても、久保さんの日常生活はわかって参考になると思うけど、この場合、さし当たり三月七日のことが知りたいのです。その家政婦は見つかるでしょうか?」

「まだ派出会に所属していれば、よそに働きに出ていても、わたしのほうで会いに行き、話が聞けると思います。会をやめていたら、ちょっと捜すのに時間がかかるかもわかりませんがね」

「よろしくお願いします」

「承知しました。そのほかのことで、とくにお知りになりたいことは?」

「そうですね」

浅井は少し考えてから言った。

「久保氏の趣味ですが」

11

(あのとき、後ろからぼくを見ていたのが久保孝之助だったのか)

R繊維会社で総務部長の顔を垣間見して以来、浅井恒雄の心から、これが離れない。

……今年の早春の、あかるい午後だった。閉められた高橋化粧品店の表扉を彼が夢中にのぞいていたとき、後ろに人の気配を感じた。足音も声もしないのに、視線は見えない波のようなものをもつのか、その波が背中に打ち寄せるのか、感応するものがあって振り返ると、映ったのが、道路のわきに立つ犬を連れた男の姿だった。セーターにズボンという軽装で、さっきからこっちをじっと見ていることがわかった。

体裁が悪くなったというよりも、他家の留守をのぞいている行動を怪しまれているという不安が先に立って、わざと急がずに……急ぐとよけいに空巣狙いと思われそうなので、わざと落ち着き払ってそこを離れ、彼はゆっくりと坂道を反対方向に歩き去ったのだが、ある距離になるまでは、その背の高い男から今にも誰何《すいか》されそうな気がして背中がむずがゆく、足の運びもぎごちなかった。

振り返って一瞬に見た面長な顔は、逆光のために露出不足の写真のように黒かったが、眼鏡と鼻ははっきりとわかった。それが時間がたつにつれ、あたかもその眼鏡と鼻が人相を決定する中心点でもあるかのように、そこから相手の容貌《ようぼう》の印象がおぼろげながらひろがって浮かんできたものだった。それがあの会社の総務部の中央にいた男にピタリと具体化されたから、あっという思いであった。

犬を連れていた男の視線は、近所の眼ではなかった。隣保関係の親切心から警戒していたのではなく、まさしく身内の家を護《まも》ってやっている眼だったのだ。その姿勢にも眼の光にも強い真剣さがあった。

道理で、とうなずいたことだ。久保孝之助だったら、あの異常な凝視はなんとなくわかる。

久保が隣の高橋千代子と秘匿された関係があれば、その女の留守を窺《うかが》う男に無関心ではいられないはずである。泥棒だと怪しめば、様子をもう少し確かめたうえで、シェパードを放ってきたかもしれない。そうでなかったら、高橋千代子とはいかなる因縁を持つ男がのぞきにきたのか、と疑惑に胸を鳴らしながら眺めていたのかもしれぬ。どちらにしても、あのときの姿はただごとでなかった。

こうなれば、久保孝之助と高橋千代子との間を徹底的に知らねばならぬと思って、浅井は再度の興信所行きとなったのだ。久保が「ホテル・千代」の平取締役になったのは、果たして千代子が公言するように、久保の土地を売ってもらった礼心からかどうか、真相をもっと探らせねばならない。

浅井は、自分の顔が両度とも久保にはっきり見られなかったのを幸いとした。化粧品店をのぞいていたときは、振りむいた瞬間に顔を合わせたものの、こっちはすぐにまた後ろ向きとなり、そのまま顔を横に向けて去ったから、じっくりとは見られていないはずである。また、R繊維に行ったときも、自分は部屋の入口の隅に立ち、先方は大勢の社員と話していて、一度もこっちを振りむかなかった。ビルの事務所などにはよくあることで、保険の勧誘員とか外商などが受付に来ていても、内の者は馴《な》れっこになって気にもとめない。

あのときも同じ無視だったのだ。それにサングラスをかけて素顔をかくしていた。いつかは久保孝之助とそれとなく出遇《であ》うときがある。その際、こっちが知られた顔であってはならないのだ。むろん、英子の亭主の浅井恒雄という身分が絶対にわかってはならない。農林省の名前にかかわることだし、本省役人としての体面に傷がつく。相手には顔もわからず、名前も知られず、どこに勤めているかも不明な、路上の影のような人間として接したい。逆にこっちは相手の細部まで知り尽くすことだ。

——興信所が再調査の報告のできを約束した期限の二週間がくるまで、浅井は不安な期待で気もそぞろであった。先方は、三月七日を中心に久保孝之助の日常生活を、そのころ同家に働いていた派出家政婦について聞くという。家政婦はいまどこで働いているかわからないが、必ず捜し出してみせるといった。警察のように馴れているから、これは見つけ出すだろう。

あの大きな家に派出家政婦一人とは意外だが、このごろはどこも住込みの専用お手伝いがいなくて困っている。久保の家は夫婦二人きりのうえ、妻は信州の療養所に行っていたというから、住込み女中の必要はなかったのであろう。あるいは、久保があの屋敷を手放したのも、女中がいなくて掃除も手入れも行届かず困ったあげくかもしれない。夫婦暮らしだったら、マンションのほうが快適だという話をよく聞く。

浅井は前には、久保があの環境のいい大きな邸宅を「ホテル・千代」に売ったのを、千代子との関係に結びつけたことがあった。その疑いはまだ捨て切れないながらも、久保が派出家政婦を雇っていたという興信所の報告から、別な事情にも合わせてみるのだった。

いずれにしても、二度目の調査報告書ができてみればはっきりわかることである。久保孝之助の日常生活はどのようなものか。果たして高橋千代子との線が出てくるだろうか。いや、それよりも久保の「日常生活」に英子が存在しているかどうか、である。

興信所には自分で出向いて偽名で調査を依頼し、また自分で出向いて報告書を受け取り、現金を払っている。興信所にとってもこの客は正体不明の依頼人であった。だから英子が久保の「日常生活」に存在していても、興信所には事情がわからない。依頼人との続柄を知らないから、英子については遠慮なく報告の文字に載せるであろう。

浅井には、報告書ができるまで、その緊張した気持ちを多少まぎらわす行事があった。彼は一週間ほど公用で石川県と山梨県に出張したのだった。

両県とも、米作単一の転換による食肉加工の事業開発で、彼は県下数か町村の農協に招かれて、その講習会の講師となった。農林省は減反主義が無能な政策だというのを知っている。農家もそれには将来に限界があることがわかっている。食管制度の維持も、今の不景気のそよ風で、さきの見通しがますます暗くなった。農閑期の出かせぎ（近ごろは女も都市に出かせぎに行く）が農村本来の姿でないことは農民にもわかっている。ここで多角経営――これまで「三ちゃん農業」などといわれたブタの飼育など家内副業的なものを返上し、真に将来発展性のある近代的な総合農業の共同経営に切りかえねばならぬ。総選挙のたびに票を集め、米価決定時期のたびに審議会の開かれる農林省の前にすわりこむ上京要員についてその順番をきめる農協の役員《ボス》が、講習会の挨拶《あいさつ》にそう演説した。

浅井は本省派遣役人の矜恃《きょうじ》を適当に保ちながら、食品加工の製造技術、経営方法を講演するのである。食肉にかぎらず、果実もあるし、海沿いの土地には魚介や海産物の加工もある。もっとも後者は水産庁の係官といっしょに行かなければならない。前の二つは、まだ一般的な予備知識の講習会なので、浅井でたいてい用が足りる。食品加工の行政窓口ではベテランの彼は、技術方面でもなまじっかな技官がかなわぬうんちくを持っていた。

地方では歓待された。旅館はりっぱでないが、料理の材料だけは新鮮である。ときには芸者がはいる。ただ、酒の強い大勢の人間に返盃《へんぱい》するのに浅井は困惑した。だが、昼間の移動途中には近くの名所が見物できる。

そんなことで気は散ったが、放心状態のときにはそれを埋めるように興信所の調査のことが押しよせてきた。いまごろは調査がどのくらい進行しているだろうか。その内容はどのようなタイプ文字になって見せられるだろうか……。

独身に戻った浅井の立場は人に羨望《せんぼう》されている。

(自由でいいな)

役所の連中で言う者がいた。

（どんなに夜遅く帰ろうが、外泊しようが、文句ひとつ言う女房はいないし、ぼくらから見ると、ほんとに羨《うらや》ましいよ）

（好きなことができていいね。君は二度目の青春をぞんぶんに楽しめる。不幸なことに、うちの女房は頑丈ときている）

ところが浅井は「遊ぶ」ことのできない性質《たち》だった。これまで浮気らしい浮気をしたことがない。役所の実務には精通していても、女から好かれる技術を知らなかった。過去に恋愛の経験もなかった。だいたい、そういう魅力のない男だと自分でもわかっている。自覚しているから、積極的に女を口説こうという勇気をもたなかった。下地はあっても、野心となって出てこない。女への関心は陰気に引っ込んでいる。だから、他人が羨望するように独身に戻っても享楽的な自由はなかった。これで金でもあれば別だが、余裕のある身ではない。月々の定額預金を減らしてまで、商売女を求める気はしなかった。

そろそろあとの奥さんの話があるだろうと露骨に訊《き》く者がいる。若い女房がもらえる特権をこれも羨ましがっている。

その話はまだなかった。が、年が明けて英子の一周忌でも済んだら持ち上がるかもしれない。世話好きの人がいるのだ。しかし、浅井はそれほど気持ちが動かなかった。——自分の年齢に近い女には過去があろう。その女の過去と自分とがくらべられそうだった。そんな後妻をもらっても、うまくゆくとは思えない。かといって、地味で、おとなしい女も困る。自分が派手なほうでないから、じめじめした、おもしろくない家庭になりそうである。できたら、明るくて、理知的で、親切な、女らしい魅力をもつ妻をもらいたいが、四十男の再婚の公務員では無理であろう。そうすると限界がひとりでにせばまってくる。希望よりも暗い見通しが先に出る。これは本省役人の矜持とは別で、まったく個人的に戻っての思案であった。

若すぎる妻は彼のほうに自信がなかった。ふりまわされるにきまっていた。外で何をされるかわからない。興信所や私立探偵社などの厄介になるのは英子だけで十分だった。——

——

興信所との約束の期日がきた。

浅井は濃い茶色のサングラスをかけて先方に出かける。

「やっと派出家政婦さんが見つかりました」

と、応接間にこの前の調査部主任が出てきて言った。

「所属の家政婦会を変わっていましてね。うちの社員は訊ね回るのに苦労したようです。結局、いまは山梨県の田舎に戻っていることがわかりました。そんなわけで、調査費が予定より少しかさみました」

「その分は払いますよ」

「その代わり、ご満足のいただける調査になったと思います。……これです」

相手は、この前と同じ大型封筒を出した。ビニールのテープで封がしてあった。いかにも秘事が封じこめてある感じである。封筒はこの前のよりは少しかさばっているようだ。

浅井はテープを剝《は》いだ。和紙に青い活字の行がたたかれてある。紙の右肩に、「極秘」の赤い判が捺《お》されていた。

《花井《はない》駒子《こまこ》氏＝（当三十五歳）について聞くに、同氏は域内派出家政婦会より派遣されて代々木山谷××番地久保孝之助氏宅に昨年十月より本年三月末まで家政婦として働いていたとのことです。ただし住込みではなく、午前七時半ごろに同家に行き、午後七時には派出家政婦会の寄宿舎に帰っていたとのことです。以下、彼女の語る久保孝之助氏の日常生活については、次のような話でした。……》

浅井はここまで眼を走らせたあと、報告書を封筒に収めた。

「お金をお払いします。いくらになりますか？」

浅井は、喫茶店に寄って、調査報告書のつづきを読んだ。

《花井駒子氏の家政婦としての休日は月に三回となっていますが、これは特定日ではなく、久保氏と彼女とがその都度決めていました。彼女の仕事は、食事、掃除、洗濯などですが、洗濯は久保氏ひとりなので、それほど多くなく、たいていのものはクリーニング屋に出すので楽でした。もっとも難儀なのは掃除ですが、家も大きいし、庭も広いので、十分に掃除しようと思えばきりがなかったといいます。しかし、久保氏は家の中は自分の使うところだけでいいと言い、庭は玄関のまわりだけきれいにしておけばよろしいと言っていました。裏門の通用口にはシェパードを一頭飼っていて、久保氏は自分で世話をしていました。犬好きで、前には秋田犬、コリーなど飼っていたと話していたそうです。

久保氏の食事は朝はパン食で、昼は会社(会社の休みには同じくパン食)、夕食は魚とか牛肉ですが、食事にはそれほどうるさくなかったといいます。ただ、会社の仕事で遅くなるとか宴会があるときは、その旨を久保氏が前もって花井氏に告げるか、急なときは電話で言ってくるので、彼女は午後四時ごろには戸締まりをして帰っていいことになっていました。

久保氏の奥さんが信州に療養生活をしているので、花井氏は奥さんの部屋にはあまり掃除にはいらなかったといいます。掃除は久保氏自身がやっていたらしく、それは貴重品などがその部屋に置いてあるためではないかと思われ、久保氏も花井氏をあまりそこに入れたがらなかったそうです。

久保氏は子供もなく、療養所生活の奥さんとは別居状態なので、寂しい生活ではあったようです。しかし、久保氏はべつに道楽をするというふうでもなく、不品行はなかったようだというのが花井氏の感想です。ゴルフ、マージャンなどはせず、趣味は読書と郷土玩具です。この郷土玩具は全国のめぼしいものがほとんど蒐集《しゅうしゅう》されていて、応接間とか書斎、居間などの棚に飾られてあります。とくに全国各地の紙凧《かみたこ》のコレクションは相当なもので、応接間にも飾ってあるが、居間などの壁にも掛けならべられ、天井からもさがっていました。久保氏は紙細工の玩具が気に入っていたようで、きれいな紙製舞台や灯籠《とうろう》もありました。花井氏が聞くと、久保氏はこれは肥後《ひご》の山鹿《やまが》灯籠というものだと教えたそうです》

ここまで読んで浅井は、白い火が眼の前で炸裂《さくれつ》した思いになった。

（金色の山鹿灯籠花の燭　英子）

――英子が見たのは久保孝之助の家の中だったのだ。

これまで、予感はあったが、こんな明確な「証拠」をあらためて見せられては、声も出なかった。あたりに聞こえていた店の静かなレコード音楽が、ふいに耳を劈《つんざ》くほどに高く鳴って心臓に伝わった。

次の行文を追う彼の眼はひとりでにゆらぎ、そして急速となった。

《久保氏と隣家の高橋千代子氏との交際は――花井駒子氏の話によれば――ほとんどなかったようです。もっとも、隣の化粧品店の女主人ですから、久保氏と路上で遇《あ》えば、お互いに挨拶をする程度で、花井氏が働いている期間、一度も高橋千代子氏が遊びにきたこともなければ、久保氏のほうから隣に遊びに行ったこともなかったそうです。ただし、これは花井駒子氏が久保氏の家にいる時間のことだけであって、彼女が午後七時ごろに帰ったあとや、休日のことはわかりません。しかし、もしそういう親しい間柄であれば、日ごろの両人の態度にも出てくるはずですが、そういう様子は見られなかったといいます。花井駒子氏の休みは、前述のように月に三回で、日についてはその都度、両方の話合いで決められたのですが、ほとんどは久保氏のほうから二、三日前に話があったそうです。それは日曜日を避けた日が多かったといいます。当日は久保氏は会社に出かけているわけです。それと毎月末は久保氏が必ず泊まりがけで奥さんの見舞いに信州に行くので、花井氏は休みになります。

三月七日は金曜日です。その日も花井氏は二日前に久保氏に言われて一日休みました。そしてその翌朝早く、久保家に出勤すると、そこには日ごろと変わったことが起こっていました。……

――どういう変わったことが起こっていたのか。

《居間の畳が一枚焦げて裏に出してありました。それから襖《ふすま》も一枚下から半分ほどが焼けています。台所にはバケツがいくつも転がっている。また、ほかの畳も襖も水でびっしょり濡《ぬ》れて、まだ乾いてないのです。居間にあるガス・ストーブもふちが濡れています。明らかに昨日、火事が起こりかけたあとが残っていました。

花井氏がおどろいて久保氏に訊くと、久保氏は『トイレに行っている間、煙草の火が傍の新聞に移っていた。火が襖や畳にも移って燃えていたので、びっくりして自分が台所から水をくんできてあわてて消した。もう少しで大事にいたるところだった。早く見つけて

よかった』と答えたそうです。七日は、久保氏はずっと家にいたようです。……》

12

浅井恒雄が、妻の英子は高橋化粧品店で死んだのではない、それはすでに死体となって運ばれていたのだ、という推定に達したのは、興信所の調査報告書を検討した結果であった。

彼は、報告書の中から「材料」として、次の要素を抜き出した。

《① 三月七日、派出家政婦の花井駒子は久保家に行ってなかった。その日、久保孝之助は勤め先を休んでいた。ひとりで一日じゅう家にいたと思われる。

② 八日朝、花井駒子が同家に行ったところ、部屋の畳と襖とが焦げていた。久保は彼女に、トイレに立っている間に煙草の火が近くに置いた新聞紙に燃え移り、もう少しで大事にいたるところだったと説明したという。ストーブにも水をかけられた形跡があった。

③ 台所には消火に使用したと思われるバケツが三個あった。ふだんの炊事用にはバケツ二個しか使ってなかった。三個のバケツはまだ乾いてなく、底に水が少し溜《た》まっていた。

④ 七日午後三時二十五分に東京で震度3の強い地震があった。「戸棚やタンスの上

のものが落ち、戸外にとび出した人も少なくなかった」と週刊誌は当時のことを書いている。

⑤　当時の新聞には「六日夕刻から七日いっぱいにかけて関東地方には寒冷前線が通過する。平年より三度は低くなりそう。山間部では雪が降るかもしれない」という記事が出ていた。

⑥　久保孝之助の趣味は郷土玩具の蒐集である。花井駒子の言によれば、全国各地の紙凧を応接間や居間の壁にかけ、天井にも吊《つ》るしていた。

⑦　そのコレクションの中には、肥後の山鹿灯籠もあった。

⑧　山鹿灯籠を東京都内で販売したり展示したりしている店はない。デパートにもない。これは報告書を読んだあとで浅井が自分で調べてわかった。デパートでは「熊本物産展」や「九州物産展」を開催したことはあるが、山鹿灯籠を陳列したことはない。

⑨　英子の句に「山鹿灯籠」があった。彼女は久保孝之助の家でそれを見ていた。また同じく俳句にある「蘇民将来《そみんしようらい》」も久保の蒐集品にあったと思われる。

⑩　花井駒子の言によれば、久保孝之助と隣家の高橋千代子は、顔を合わせれば隣人として挨拶《あいさつ》をする程度で、とくに親しいというほどではなかった。千代子が久保の家を訪ねてきたことはない。》

——以上、十項目のデータを組み合わせると、どういうことになるか。

英子の妹の美弥子の話だと、英子は三月七日の午後一時に家を出ている。それから久保の家に行く。

家政婦の花井駒子の話だと、彼女は月三回の休みがあるが、それは曜日を決めているわけではなく、たいてい久保孝之助から二、三日前に、休むようにと言われていた。孝之助の意志で家政婦を休ませることは、彼の都合のいい日を選ぶためだったと考えられる。その日、英子を家に来させていたのだろう。約束は、会った日に次の日を決めればよい。また、家政婦の話だと、久保はときどき昼ごろ勤め先から早く戻ってきて、家政婦を早く帰していた。それから英子が来ることになっていたのだろう。家政婦の休む月三回の密会では足りなかったにちがいない。

英子と久保孝之助とがどうして知り合ったか、そのへんの事情はまだ推定できない。これは当人の口からでないとわからないことだ。だが、その理由や動機は、この際問題ではない。結果の「事実」だけを見ればよい。

はじめ浅井は、英子が男とアベックホテルで逢《あ》っていたものと思っていた。それで坂道上の旅館三軒にも行ってみたのだが、そんな場所よりもたった一人で住む久保の家のほうがよほど安全なのである。旅館のように女中たちに顔を見られることもなく、玄関先などで他の客と遇うというような、極《きま》りの悪い思いをしなくとも済む。あの家の中は広い。庭を隔てて両隣とは離れている。大きな声を上げても聞こえることはない。

家政婦花井駒子が調査員に語ったところでは、家の中でひとつだけ彼女の掃除できなかった洋間がある。それは目下信州の療養所に行っている久保の妻の部屋だというのだが、あるいはそこが夫婦の寝室なのかもしれない。そうだとすると当然に、ベッド二つか、ダブルベッドかが置いてあるのだろう。久保の妻はいない。片方のベッドはだれが使用していたのか。久保はそこだけは自分で掃除していたという。家政婦は、その部屋に貴重品などが置いてあるので雇人をはいらせなかったのだと邪推しているらしいが、そうではあるまい。その部屋で行なわれている痕跡《こんせき》を家政婦に気づかれるのが、久保孝之助にはいやだったのだ。それで、余人を近づけさせなかったのであろう。

浅井は、はじめのうち、久保の家に行っている英子が想像できなかった。妻としてなら知り尽くしている。だが、久保とむつみ合っている英子は妻ではなく、女であった。未知の女であった。養生を理由に夫の欲望を抑え、それに馴《な》れさせ、習性を完成させた妻は、そのみずからつくりあげた夫婦生活の法則に耐えられなくなったのだろう。英子はその離脱を外に求めた。

浅井はそう理解してみたが、毎日いっしょにいた妻のことで、すぐには理屈どおりの納得にならなかった。妻の日常にある経験的な事実が、いまわしい臆測《おくそく》を否定しがちだった。

これが、ひいき目というものだろうか。妻に欺《あざむ》かれた亭主になりたくない痩せ我慢なのか。

——三月七日午後三時二十五分に東京に地震があった。棚のものが落ちるくらいだったというから、久保孝之助の戦前の家もかなり揺れたにちがいない。天井だか壁だかわからないが、そこに掛けてあった紙凧《かみたこ》がストーブの傍に舞い落ちたということは十分に考えられる。

ふつうだと、三月七日の昼間ならストーブは火をつけないで済む暖かさであろう。ところが前日からその日の夕方まで関東地方は寒冷前線に見舞われ、例年より三度ぐらい低かった。ストーブに火は勢いよく燃えていたのである。

その炎に、ふわりと落ちてきた紙凧が焼けた。火は畳と襖に燃え移った。

そのとき久保孝之助と英子とがどの部屋で何をしていたかは明瞭《めいりょう》でない。考えられるのは、その部屋の炎の発見が早くて、大事にならずに消しとめたことである。襖一枚と畳が焦げていたから、すんでのところであった。

英子と孝之助と二人でいたというのがどうしてわかるか。証拠は、興信所の報告書に出ている。家政婦が翌朝同家に行ってみると、バケツが三個濡れていたと言っているではないか。これは素晴らしい証言である。

もし、一人が消火に当たるのだったら、バケツの使用は一個か、せいぜい二個だろう。咄嗟《とっさ》の場合だから、一個に水道の水を入れて、燃える火の傍に駆け出すのをふつうとしなければならない。水は一回かけただけでは済まない、一時は衰えるだろうが、また燃え上がる。水のかけ足りない部分に火が移っている。一人だと、台所に戻ってバケツに水を入れ、また火のところに走るのが精いっぱいで、別なバケツに水を入れて次の用意をするだけの時間的な余裕はない。あと一個のバケツに水を半分入れておくのでも、ぎりぎりであろう。

これが二人だったらどうか。まず一人が駆け出す間に、一人がバケツに水を入れておく。それを取りにきて持って行く間に、代わりのバケツに水が用意できる。手早くすれば三個のバケツを能率的に使用できる。三個の回転は一人だと不可能だが、二人だとできるのだ。あるいは、二人でいっしょに消火に当たれる。襖《ふすま》と畳が焼けたのに、それ以上に火がひろがらなかったのは、二人の協力作業があったせいとみよう。

まさにそれにちがいない。そのとき、英子はあの家の中に孝之助といっしょにいたのだ。部屋の中に火が燃えているのを見れば、だれしもびっくりして、あわてる。家じゅうに火がまわって屋根から炎が衝《つ》き上げる情景がすぐ眼の前にひらめくだろう。無我夢中で消したとか、どうしてバケツに水を汲《く》んで火にぶっかけたか、まるで覚えていないという話をよく聞くが、気が動転しているときの動作である。心臓は高鳴りし、秒針のように速く波打つ。呼吸は喘《あえ》ぎ、吐く息は急坂を駆け上がるときのように忙《せわ》しい。

これだ、と浅井は思った。そのとき英子に心筋梗塞《しんきんこうそく》の発作が起こった。

つねから激しい動作を禁じられ、心臓に影響するようなショックや興奮を避けるように医者から言われていた心筋梗塞症の英子のことである。この場合以上の衝撃があろうか。このときにまさる興奮、激動があろうか。健康な人間でも心臓は苦しくなるのだ。

英子は自分の持病に日ごろから注意していて、心臓に悪いといって刺激物も摂《と》らないようにしていた。彼女が夫婦生活を抑制するために、彼に協力を求めていたのもその理由からだ。彼が「淡泊」に馴らされたのはそのへんにある。

英子はこのところすっかり元気になっていた。もうふつうの健康者と変わりはない。当人も、つい自分の病気を忘れがちであった。心筋梗塞の恐れがあるといっても、発作が起こらない限り、たいした自覚症状はないのである。

部屋が火事だ、と知ったとき、英子の心臓の血は驚愕《きようがく》した。騒ぎ立った血は冠状動脈に奔流した。しかし血管は病んでいる。血の流れはそこで塞《ふさ》がれた。

英子の衝撃は、精神的な面からもいえる。火を見たとき、彼女は自分の立場を急速に自覚したにちがいない。火事に集まる消防車と、遠巻きに押し寄せる群衆の眼。鎮火後の警察署や消防署の調査。……

火に気がついたとき貴女《あなた》はどこにいましたか。――そこで何をしていましたか。――久保孝之助さんとはどういう関係ですか。――親しい友人といっても、どの程度ですか。――貴女は家政婦の休んでいる日に限って久保さんの家に行っていたのですね。そんな誤解をうけるようなときに頻繁に訪問されるのはどういうわけですか。――ご主人はそれを知っておられたのですか。——

警察の尋問《じんもん》の声が英子の耳もとに鳴っていなかったとはいえないのだ。そうでなくとも、火事の家から逃げ出す女に弥次馬《やじうま》の眼が注がれる。近所の女たちも多い。あ、いま家の中からあわてて出てきた女《ひと》はどなたでしょうか、奥さまではないようですわね。奥さまとは違いますよ、奥さまは信州の療養所にずっと行ってらっしゃるんですもの、ご主人がおひとりのはずですわ。あら、そいじゃア……。

炎が部屋に燿《かがや》いて揺れるとき、英子は懸命にバケツにかわるがわる蛇口の水を流し、忙しく孝之助に渡す間も、この想念が駆けめぐっていたにちがいない。自分でもバケツをさげて居間に走る。抱えあげて水を撒《ま》く。——これほど肉体的疲労と心痛、精神的激動がほかにあろうか。

突如として彼女の胸ははげしい苦痛に襲われる。倒れるようにその場にうずくまる。皮膚は冷汗におおわれる。死への恐怖に戦慄《せんりつ》する。嘔吐《おうと》が起こる。……

火は消した。しかし、倒れている英子を見たとき、久保孝之助はどうしただろうか。

彼は、医者をこの家に呼べる立場ではなかった。どうして迎えられよう。

では、彼は英子の家族——つまり夫にこの事態を通知できるか。孝之助はおそらく英子から家の事情を聞いているだろう。まだ顔は知らなくとも、亭主の名前も勤め先も、自宅の住所も電話番号も知っているはずだ。だが、知っていてもどのような連絡手段がとれるか。どこに迎えにこいと言えるのか。

孝之助にも女房への気づかいがある。療養所に行っていても、いつかはこの騒ぎの事実を知る。いやいや、いつかではない、家の火事と知らぬ女の重症という事態だったのだ。――で、孝之助は咄嗟に考える。いま医者を呼べば女のことも小火《ぼや》のこともわかる。消防署の介入を招く。何もかも近所にわかる。だれかが女房に告げ口する。……

この際、久保孝之助には取るべき手段は一つしかなかった。すべてを秘匿することである。思いついたのは、英子を自分の家にでなく、よその家に迎えにこさせる工夫である。英子は遠くに運べないから、運ぶとすれば近くの家だ。こうして隣の高橋化粧品店が選ばれた、と考えるのは自然だろう。

報告書によると、久保孝之助と高橋千代子とは交際がなく、隣どうしの者として顔を合わせれば挨拶《あいさつ》する程度だ、とある。だが、せっぱ詰まったときだ。孝之助は隣に走り、千代子に窮状をうちあけて、急場の救いを頼んだにちがいない。千代子もあの店にはたった一人しかいない。千代子が引き受ければ、二人だけの間で隠密裏《おんみつり》に処理できる。

久保の屋敷は前庭もひろい。表の道路からは高くなっていて、土堤があり、その上に竹垣があり、さらに植込みが深くて、外部からの眼が遮られている。高橋化粧品店の裏とは地つづきだから、英子を運び入れても他人に見られるというおそれはない。

英子は、すでにそのとき死んでいたかもしれない。――いや、死んでいたであろう、と浅井は思うのである。

高橋千代子の家に、近所の女子大生の使いで、大浜医師が呼ばれて行ったときは、英子は店の奥の座敷に横たわり、すでに息を引き取っていた。

（それは午後四時三十五分でした。腕時計を見て確認しています。奥さんの心臓は完全に活動を停止し、瞳孔《どうこう》は開いていました。どうにも処置はありませんでした。死後経過は三十分です。これは高橋千代子さんが横にいて臨終を見ていたので、その言葉どおりを信用するわけですがね。まあ一時間前の死亡としても、その程度の経過では見分けはつきませんよ）

大浜医師の言葉である。もっとも一時間前の死亡ということもあり得ると答えたのは、浅井が大浜医師を問い詰めた結果だった。

――以上のような推定は、久保孝之助がその邸宅を高橋千代子に明け渡した事実で、確実性をもつ、と浅井は思った。

「ホテル・千代」が久保の宅地を併合して建築されたのは、英子の死から半年もたたない間だったではないか。だから、敷地買収の話はあの出来事の直後に起こったと考えられる。買収というが、高橋千代子がどれだけの金を出したというのか。

浅井は、厚い唇の顔に巧みな化粧をしている高橋千代子の、少しばかり魅力のある姿を浮かべる。上品な言葉遣い、客を逸《そ》らさぬ上手な愛嬌《あいきょう》――その下地には三十女の図太さと貪欲《どんよく》と狡猾《こうかつ》があったのだ。化粧品業の男が後ろについているというが、もしかすると久保孝之助の弱味につけこんでの共謀かもしれない。

アベックホテルは儲《もう》かるらしい。坂上の「たちばな荘」にしても「みどり荘」にしても繁栄している。化粧品店に失敗している千代子が、その商売への転向を早くから考えていたとしても不自然ではない。問題は場所と、その土地の入手である。久保孝之助の便利を図ってやったことでつかんだ彼の弱味は、またとない安価な土地入手の機会だったろう。一般の呼称でいえば、その手段は「脅迫」である。これには樋貝源吉の加担があったにちがいない。あるいは暴力団のような者も使ったかもしれぬ。久保孝之助をホテルの名ばかりの役員にしたのは、たぶんはごまかしであろう。

しかし、浅井は高橋千代子がどのような方法で久保の宅地を入手しようと、それにはあまり関心がなかった。直視の対象は、妻の英子を「殺した」久保孝之助だけだ。

もっと綿密に調査して、英子の外出した日と、久保孝之助が会社を休んだり午後から早《はや》退《び》けしたりする日と一致すれば完璧《かんぺき》だが、しかし、そこまで子細に調べる必要はなかろう。

浅井は、役所で書類を検討し、業者に会い、会議に列席し、起案をする。その断続の裂け目から、背の高い、面長な男の顔が噴出してくる。――

13

久保孝之助は毎月第四土曜日の午後、長野県富士見町《ふじみ》の高原療養所に病妻を見舞いに行く。興信所の報告書にそう書いてある。

久保がいつも利用するのは、新宿発一三時一〇分の急行「アルプス4号」である。——これがわかったのは、浅井がある土曜日の午後にR繊維会社へ電話して確かめたのだ。電話に出た総務部の女の子は、彼が偽名で久保の知人といったものだから、

「部長さんは、一時間前に社からお帰りになりました。ええ、長野県の富士見においでになりました。……列車ですか、新宿を午後一時一〇分の急行です。……ええ、いつもその急行なんです」

と、ありのままを言った。

新宿から信州富士見まで三時間半くらいはかかる。向こうにつくのが五時ごろだろうから、療養所での患者の面会時間には十分である。その晩は、久保はたぶん、富士見町か上諏訪《かみすわ》で泊まり、翌日曜日にふたたび療養所に行って妻に会い、帰京するものと思えた。

一か月に一回は必ず信州に出かけて病妻を慰めるところなどは、なかなか愛妻家のようであるが、それは世間の手前、お義理でやっているにちがいない。英子の死体を隣家に渡して自己の立場をとりつくろうような男だから、すべてが体裁本位、表裏のある狡猾な性

格である。

十月の第四土曜日は、二十五日であった。

浅井は、その日の午後一時前ごろ、茶色のサングラスをかけて、新宿駅の中央線ホームを歩いた。「アルプス4号」はすでにホームにはいっていたから、彼は、後尾車から順々に車窓をさりげないふりでのぞいて歩いた。向こうはこっちの顔を知らないのである。尾行にはまことに便利であった。

久保孝之助はグリーン車にいた。車両の中ほどの左側窓際に席をとって新聞を読んでいた。隣にはだれもいないで、向かいの席に老紳士がすわっているが、関係のない相客のようだ。浅井は久保の姿が眼にはいる程度に、はなれて席をとった。前には子供づれの主婦がいた。

対手《あいて》の目的地はわかっているので、車内での監視の必要はないのだが、懸念は、この急行が富士見駅で停車しないことだった。時刻表でみると、富士見駅の手前の小淵沢《こぶちざわ》という駅に一六時二四分に着く。乗換えの普通列車は一六時五二分で、富士見駅着が一七時〇五分である。小淵沢駅で約三十分の待ち合わせだ。

三十分間ほど待って、次の鈍行に久保が乗り換えるか、駅前からタクシーで療養所に直行するか、判断のむずかしいところだった。ふつうだと後の場合だろうが、ホームで待ち合わせということもあり得る。

浅井の気持ちは、久保を療養所に行く途中で捕えたかった。面会時間は限られているだろうから、療養所を出てきたところをつかまえてもいいが、それだと時間が遅すぎる。かりに面会が八時限りとしても、暗くなっているので、久保が話合いに応じるかどうかわからない。理想は、だれもいないところで久保を捕えることだった。

車内でも眼油断ができないのは、久保が小淵沢駅で必ず下車するとは限らないことである。これまでは久保が富士見に直行すると思いこんでいたが、よく考えてみると、彼が周囲にそう言っているだけであって、土曜日の夜をどこかで遊び、日曜日に妻のところに現われるということもあり得る。遊ぶとすれば温泉地のある甲府《こうふ》か、ずっと先に行って下諏《しもす》訪《わ》になるだろう。

列車は動き出した。浅井は週刊誌を読む。久保はやはり新聞を読んでいる。べつだん、約束した伴《つ》れもなさそうだった。

心がはいらないので、活字が模様のように見える。

甲府に着いた。降車客が多い。紅葉見物の団体もいる。

浅井が頭を上げてみると、久保は椅子から動かないでいる。ホームに昇仙峡《しょうせんきょう》の宣伝がある。

していた。所在ない様子であった。窓から外を眺めて煙草をふかしていた。

すると、次は小淵沢か下諏訪である。小淵沢だとすれば、ホームで三十分待ち合わせるか、タクシーを療養所に走らせるかである。

甲府を出た列車はほどなく上り坂にかかる。窓の左側の富士山が後ろに去って、右側から八ヶ《やつが》岳《たけ》の稜線《りようせん》が近づいてきた。線路わきの林は紅葉していた。

甲府からの乗客で車内の半数が新しい顔になった。久保の前には老人の代わりに三十ぐらいの粋《いき》な和服の女がすわっている。浅井は久保が諜《しめ》し合わせた女ではないかと、座席の上に出ている二つの頭に注意したが、いっこうに話をかわす様子もなく、やはり無関係のようだった。久保は雑誌でも読んでいるらしい。

浅井は、新宿駅から久保を監視しているのだが、こんなに長い間、眼の前に一人でいる敵意の対象を見るのははじめてであった。彼は、久保のちょっとした身じろぎ、頭の動かし方だとか、手の挙げようとか、肩のまるめ方とか、列車に退屈している姿、そんな平凡な姿を真剣に観察した。そのなんでもない動作の裏に、英子を誘惑した行動が発条《ばね》のようにたたまれているかと思うと、憎しみが時間とともに増してきた。長い間苦労して対手を捕捉《ほそく》したという報酬的な喜びもあった。この満足を満たすためにも、これからの行動があだやおろそかにできなかった。

浅井は、英子をたいそう愛していたわけではなく、死んだからといって心にそれほど深刻な打撃を受けているのでもなかった。むしろ裏切った妻として憤りを感じているほうだが、冷淡だった英子の原因が久保にあったとわかっては、この男の存在を黙過するわけにはいかなかった。英子の禁欲を上手にときほぐし、一気に奔騰させた熟技をもつ男が憎いのである。そのやり口は英子の死体を隣家から出させるという巧妙さにも表われている。

玩弄《がんろう》された英子のために対手に仕返しするのではなく、自分自身の報復心であった。分けるとそんなふうになろうが、感情的なことは当人にも分析力が弱くなっているので、妻のための報復があるような意識でもあった。

列車は信州境の峠にさしかかっていた。それでなくとも落ちた速力がのろくなった。椅子から起《た》って網棚の持ち物を取る客がいる。久保の長身がすっくと伸びた。上のスーツケースに手をかけている。浅井は緊張した。久保は予想どおり、小淵沢で降りるつもりなのだ。

列車がホームにとまると、久保は向こうのドアに歩いて行った。こっちには一度も振り返らなかった。浅井は反対側からホームに降りた。

跨線橋《こせんきょう》を渡って出口のほうに行く客と、ホームにたたずんで次の鈍行を待っている客と半々ぐらいだが、久保はホームのおよそ二十人ばかりの中に残って立っていた。タクシーでなく、列車で富士見に行くつもりなのだ。もっとも列車だと十五分そこそこで富士見駅に着くのだから、高いタクシー料金を払うよりは、三十分くらい待てないことはない。病妻を急いで見舞う必要もなかろう。

浅井はここでも久保から遠く離れた。久保が東のほうを向いているので、彼は反対側を向いていた。正面に何という名前か知らないがかなり高い山があって、陽はその山頂に赤くかかっている。十月末というのにこの辺はさすがに空気が冷えていた。初めての駅にひとりでたたずみ、落日の映す長い自分の影をホームに見るのは寂しいものだが、今の場合そんな感傷はもちろん起こらなかった。

三十分は長かった。それでもやっと鈍行に乗った。空《す》いているので、用心して隣の車両にいた。峠を越えると、薄暮の高原が秋色を隠して蒼黒く流れた。八ヶ岳の斜面は真黒だった。

富士見駅に着いた。ここでかなりの人が降りる。スーツケースを持った久保の姿がその中にある。荷物がふくらんでいるのは、病妻への土産物でも詰まっているのだろうか。浅井が、間に三、四人ぐらい人を置いて歩いたのは、あまり離れていると見失うからである。心配なのは駅前から久保がタクシーを拾うことだが、そのときは乗車の前に声をかけるつもりでいた。

駅前に出た。久保は横付けになっているバスにさっさと乗った。バスとは浅井も気がつかなかったが、これならいっしょに乗っていい。降りる先は療養所の前だから、そこに停まるまで彼に背を向けていた。駅前の賑《にぎ》やかな灯の群れが過ぎた。町を出ると高原の展開なので、まだうすい明かりが残っていた。療養所前の停留所で久保が降りる。乗客三人がつづいた。浅井はもちろん最後だった。

高台に見える高原療養所までは百五十メートルぐらいの距離だった。遠景のその建物にはホテルのように窓の灯がならんでいた。バスから降りた三人が途中から別な道に曲がったので、浅井はいよいよ久保と二人だけになった。この広い風景の中でである。

久保が療養所へ行く道にかかった。浅井は、サングラスをはずし腕時計をのぞいた。六時前であった。久保の高い背中が、二メートルぐらい先を少し猫背かげんで歩いていた。道は上り坂になっている。療養所から出た車とすれ違うとき、浅井はヘッドライトから顔をそむけた。

その車が過ぎたところで、浅井は前方に声をかけた。

「もし、もし」

肺の奥から息を圧《お》し出した。自分の声と違っていた。

背中が停まって、こっちに向きを変えた。うす明かりで顔の識別はできる。眼鏡をかけた面長な顔が正面からこっちを向いていた。高橋化粧品店の前で犬を連れて立っていた同じ顔である。が、あのときのように険悪にとがめる表情はなかった。浅井は、相手が自分の顔を知ってないとわかると、安心と同時に胸が鳴った。

これはほんの二、三秒ぐらいの間のことだが、浅井は微笑しながら久保に歩み寄っていた。

「失礼ですが、久保さんでいらっしゃいますね?」

浅井は、今度は自分の声になったと思った。

「はあ、そうですが……」

久保は、質問者の正体がわかるまではというように、曖昧《あいまい》な表情で立っていた。

「これから療養所にいらっしゃるんですか？」

浅井は、久保のその顔つきに言った。

「はあ。……失礼ですが、どなたでしょうか？」

久保は訊き返した。

浅井は久保の顔の前に立った。丈《せい》の高い対手《あいて》なので、見上げるような格好になった。

「ぼくは、浅井ですよ」

久保は首を傾《かし》げるような表情をした。まだ気づいてない。ほかの浅井某の心当たりを捜している。

「浅井さん……とおっしゃると？」

「浅井恒雄ですよ。ぼくをご存じなかったのですかねえ？」

いくらかあくどい言い方だが、べつに用意したわけでもないのにこれが口から出た。

久保が鉛を呑《の》んだような顔になった。眼鏡が鼻からずれたが、そのまま見開いた眼に瞳《ひとみ》が貼りついて硬直していた。

「いや、ぼくもあなたにお目にかかるのは初めてですが……。ぼく、英子の夫の浅井です」

むろん正面切った口調になった。軽く頭まで下げて、

「久保さん。ちょっと英子のことでお訊ねしたいことがあるのですが、お時間はいただけるでしょうか？」

と、ふたたび見上げた。

久保の顔に狼狽《ろうばい》と恐怖が動いた。蒼茫《そうぼう》と暮れるなかでなかったら、その顔の歪《ゆが》みや眼蓋《まぶた》の慄えはもっとよく見えたであろう。返事も出ないのである。

「ああ、これからあなたの奥さんのところにいらっしゃるんですね。お急ぎでしょうから、なんでしたら療養所の待合室《ロビー》ででもお話しましょうか？」

浅井から一歩踏み出すと、

「いえ」

と、久保があわてて遮った。

「いえ、それは困ります！」

「ほう、いけませんか？」

「困るんです。いえ、それはごかんべん願います」

久保の声は懸命だった。

「なるほど、奥さんに聞かれるとご都合が悪いわけですね？」

「はあ」

久保が首を前に下げた。

「わかりました。じゃ、どこで話しましょうか？　もう暗くなったが」

「…………」

「このへんじゃ、はいるような喫茶店はないし……おや、療養所の前に何かそんな店があるようですね？」

「そういうところも……避けたいと思います」

久保は細い声で言った。

「じゃ、どこで話しますか？　町のほうに戻るんですか。バスが来るのを待ちますか？」

「いえ、あの……ほんとに恐縮ですが、このあたりの道を歩きながらお話合い願えないものでしょうか。あまり他人に聞かれたくないことですから」

久保がどもりながら言った。

「道？　この田舎道ですか？」

「はあ、恐縮です」

久保は頭を下げた。

実は、これは浅井にとっても好都合であった。あるいは、その方向になるよう誘導したともいえる。

案外といえば、対手があっさり英子との間を認める態度に出たことだった。浅井は、久保がしらを切って、どこまでも事実を否認するものと予想していた。狡猾《こうかつ》な男だから、容易なことでは白状はしないと思い、いろいろと攻略の言葉を用意してきていたのだが、その必要はなくなった。肩すかしされたともいえるが、これもこっちが不意に彼の眼前に現われたため、向こうは虚をつかれ、咄嗟《とっさ》に防御の方法がなかったとみえる。それというのも、こっちは何もかも承知しているぞという決然とした態度に、久保が呑まれたのであろう。

二人は療養所のほうには行くのをやめ、途中から八ヶ岳の山麓《さんろく》に向かっている村道にはいった。見たところ家もまばらで、森陰や木立の間に灯が寂しくともっているだけだった。歩く人影もなかった。

久保孝之助は片手にスーツケースを提げ、横の浅井に引き立てられるように、狭い、ほの白い道を拾っていた。彼は、これから浅井が何を言い出すか、またどのような行動に出るかと不安におびえているようだった。そうして黙っている浅井の様子をひそかに偸《ぬす》み見していた。それは追い詰められた弱い動物が慄えながらも、脱出の機会を狙っているような姿にも映った。

よし、それならもう少し口をきかないでいようと浅井はきめた。役所で、弱い業者をじらすときの気持ちにどこか通《かよ》っていた。二人は、互いに考えるような姿で五、六十メートルぐらい歩いた。足をとめたのは久保のほうだった。

「浅井さん」

耐えきれなくなって出した声であった。

14

「浅井さん……」

暗い道に立ち止まった久保孝之助は、背丈の加減で浅井を見下ろすようにして、低い声を出した。

「ここで、お話を聞きましょう」

十月末の山地の夜気はひと月先の冷たさで二人の頰を流れた。上着の背中に寒気が徹《とお》る。

浅井はまわりを見回した。

「なるほど、この場所だと、どんな話をしても都合の悪い人に聞かれる気づかいはないですね」

療養所はここからは見えぬ。八ヶ岳の中腹が視野を塞《ふさ》いで黒い障壁で逼《せま》り、人家の灯がいくつも流れ落ちた稜線《りょうせん》の裾《すそ》に散らばっていた。道の一方は林で、一方が藪《やぶ》を隔てた畑であった。畑も斜面だ。木立や藪の中から枯草の匂いがかすかにしていた。

「浅井さん、どういうことですか？」

久保が請求した。

「英子が死んだときのことですよ、久保さん、それを訊きたいのです」

久保の靴が小石を踏んで小さく鳴った。

「死んだときのこと？……それは知りません。ぼくが知るわけはありません」

「しかし、あなたは英子とは深い交際《つきあい》だったのでしょう？」

「…………」

「隠しても無駄ですよ。あなたは、さっきぼくが英子の亭主だと言ったら、あわててぼくを療養所の前からこの道に引っ張りこんだんじゃありませんか。英子を知ってなかったら、こんな真似《まね》ができるはずはない」

「知らないとは言いません。否定はしませんが。……しかし、そのことであなたはぼくをここまで尾《つ》けてきたのですか？」

「尾けたのじゃないですよ。話をする機会をとらえに来たのですよ。まさかあなたの会社にも行けないし、ぼくからあなたのマンションを訪問するのは、いくらなんでも屈辱ですからね」

「……ぼくがここの療養所にくることを調べたのですか？」

「毎月第四土曜日の午後、奥さんの見舞いにこっちにこられているのを、ある方法で調べたのです。久保さん、そこまで調査してあるのです。あなたと英子のことはわかってるんですよ。しかし、まず、あなたの口からそれをはっきり言ってもらいたい。本来なら女房から訊くのだが、当人は死んでいますからね。口がきけるのはあなただけです」

「英子さんが、いや、奥さんが亡くなる前には、何もお訊きにならなかったのですか？」

「そりゃ、あんたのほうがわかってるでしょう？　英子がぼくにそんな告白をしたのだったら、あんたにそのことを言わないはずはないでしょうからね。英子は週に二回ぐらいは、代々木のあなたの前の家に行っていたのでしょう？」

久保が動いた。逃げ出すのかと浅井は思ったが、そうではなく、彼は横向きになって畑に眼を投げていた。野面《のづら》の涯《はて》の、山の切れたところに星の冴《さ》えた空がのぞいていた。

久保は今まで提げていたスーツケースを地面に置き、ポケットから煙草をとり出した。思案する時間をかせいでいるようである。ライターの火が意外な明るさで彼の鼻先と眼の下を朱色に照らし、音といっしょにそれが消えた。あとは煙草の赤い息づきであった。煙が流れる様子はあっても、久保はまだ口を開こうとはしなかった。

「返事がてまどるようですね。じゃ、言いやすいようにこっちから、しゃべりましょうか？」

浅井は低く嗤《わら》って言った。久保がいそがしく煙を吐いた。

「久保さん、いいですか。英子は日記帳にあなたとのいきさつを書いているんですよ。鍵《かぎ》をかけた机の引出しから出てきたんです。それにはね、あなたの家に行った日のことがみんな書いてあるんですよ。おそらく英子が自殺するか、長い間病床にいて死んだのだったら、死の前にその日記帳を処分したでしょうがね。出先の急死では、それができなかったのです。まあ、ほとんど洗いざらい書いてありますよ」

「………」

「あなたは民芸品に趣味を持っていますね。紙凧《かみたこ》だとか人形だとか木彫りの動物だとか紙細工とかね。あなたの蒐集《しゅうしゅう》品には熊本県の山鹿《やまが》灯籠《とうろう》がある。それから蘇民将来《そみんしょうらい》もね。それが英子には珍しいとみえて、みんな日記帳につけていますよ」

久保は、夜寒がしみたように肩をかすかに慄《ふる》わせた。

「ただ、ぼくにはわからんことがひとつある。あんたはどうして英子と親しくなったんですか？　それだけは日記についてない。英子もはじめのほうはこわかったとみえ、そこは省略している。いつ、どうして知り合ったんですか？」

「浅井さん」

久保は煙草を半分残して捨てて言った。

「それは申し上げましょう。なぜなら、それはぼくがあなたに謝らなくてもいい理由を説明することになりますからね」

長身がこっちに向き直った。

「英子さんとぼくとが愛情関係にあったことは認めますよ。それは、今から二年前です。逢《あ》ったのは府中《ふちゅう》のほうの古い寺です。ぼくはそこに蘇民将来を売っていると聞いて出かけたのです。そこに英子さんがひとりで歩いていたんです。だれも来ない寂しい境内でしてね。つい、口をきくようになった。英子さんは俳句をつくるために、ひとりでそのへんを見て歩いていたんですね」

　英子が句作のために近傍の郊外に出かけていたことは浅井も知っている。が、久保との因縁がそこで発生したとは想像してなかった。これまでいろいろ推量をめぐらしたのだが、その偶然性にまでは及ばなかった。

「その日はね、二人で一キロの田舎道を駅まで話しながら歩いたのですが、それから一週間して、また英子さんに遇《あ》ったのです。新宿のデパートの中でした。二階に上るエスカレーターに乗っていたら、一つ下のステップに英子さんが立っていたのです」

　奇遇はおどろきとともに親密感を深める。二人でレストランにはいって昼食をとった、愉《たの》しかったので、次の週の食事の約束をした、と久保孝之助は言った。

「英子さんが日記にぼくらのことを書いているのだったら、ぼくは否定はしませんがね。どう書いてあるのか知らないが、とにかく英子さんがそう書いているのだったら、そのとおりだとぼくは言いましょう」

　久保は少し早口にそこまで言うと、次はゆっくりした口調になった。

「しかし、しかしですよ。誤解のないように言っておきますが、英子さんは、はじめぼくに、主人があるとは言わなかったのですよ。結婚はしていない、まだ独身だと言ったんですよ」

今度は浅井が声を呑《の》む番だった。

「独身だと言うものだから、ぼくは英子さんとそういう関係になったのです。はじめからご主人がいるとわかっていたら、どうしてぼくが彼女とそんなことになるものですか。結婚の機会を逃がした独身の婦人だとすっかり信じてしまったのです。いいですか、浅井さん、その意味ではぼくも英子さんにだまされていたのです」

「………」

「英子さんが本当のことをぼくに言ったのは、一年近くたってからです。実は、と泣いて打ち明けられて、ぼくもびっくりしましたね。しかし、そのときはもう遅すぎました。それを知っても彼女と別れることができなくなっていたのです。英子さんは、あなたを欺いていたのだから自分から離れてくれてもかまわないとは言いましたが、本心はぼくと別れたくなかったのです。それでなおも愛情関係がつづいたのです。……浅井さん、これが真相ですよ。ぼくはあなたの奥さんと知って寝取ったわけではない。独身と信じた英子さんとそんな仲になったのです。あなたの奥さんだと承知していながら関係にはいったら不義密通で、そりゃあなたに対して謝罪しなければなりません。道義的な責任があるわけです。しかし、ぼくはそれは知らなかったんですからね。英子さんにだまされていたんですよ。ですから、あなたの前に両手をついて詫《わ》びることはないと思います。……そりゃ、英子さんに打ち明けられた以後の行動には問題もありますが、もう一年近くもつづいていたときでもあるし、英子さんは主人にわからないようにしてくれと泣いて愬《うった》えるものですから、ぼくもそれに引きずられたわけです。……実際の事情はそういうことです」

久保孝之助は一気にしゃべった。彼は「英子は最初独身だと言った」という論理を見つけ、それに立脚して、堂々の論陣を張ってきたようだった。自信を回復したのだ。つまりは居直りである。

浅井は嘘だと思った。久保が英子を誘惑したと信じている。その際、英子が結婚していることを久保に言わぬはずはない。久保は、人妻だからよけいに彼女に興味をもったのではないか。彼らしい奸知《かんち》で、ぼくを言いくるめようとしている。おそらく、さっきからの沈黙の間にこの論理を思いついたにちがいなかった。

「それじゃ、君は、ぼくにまったく謝罪の必要は認めないというわけだね？」

浅井は少し声を荒らげて言った。

久保はちらりと左右を見回した。人里はなれた夜の道が気にかかったようである。が、浅井が自分より年をとっていて、しかも背が低いことに安心したか、

「要求された謝罪に答える必要は認めませんね。ぼくも英子さんにだまされた点では被害者ですからね。だいたい謝罪というのは罪を謝すことでしょう。ところで、ぼくと彼女の間を百歩ゆずっていわゆる姦通《かんつう》としましょうか。姦通罪は現在の刑法から消えていますよ。法律も罪とは認めていないのです。まして、ぼくはいま言ったように、独身だというから

英子さんとつき合いはじめたのですから、途中で告白されても、責任は英子さんにありますよ」

「君はぼくには道義的な責任も感じないというわけだね？」

「要求されるのはいやですね。そりゃ、あんたも気の毒とは思いますがね。こうしてわざわざ信州まで追いかけてきて夜の田舎道で脅迫まがいの強請《ゆすり》をされちゃ、たとえ一口ぐらい詫びるつもりでも、その気にはなりませんよ」

「わかった。……ぼくが君を追ってきたのは、東京ではこんな話をする適当な場所がなかったからだ。それはさっきも言ったとおりだ。夜の田舎道というけど、こういう時間になるような列車にしか君は乗らないのだし、第一、田舎道を選んだのは君のほうじゃないか。療養所に行こうとぼくが言ったのに、君が困るといってここに連れ出してきたんだ」

「それですよ。女房の前でこの話を持ち出してあんたはぼくをおどかそうとしている。……いったい目的は何ですか？」

「目的？」

「まさかぼくに土下座させて両手をつかせるだけが目的ではないでしょう。何かほかにあるんでしょう？」

浅井は自分の息が対手《あいて》の顔にかかるところまで近づいた。

「久保君。君はよっぽど脅迫被害意識が発達しているようだね？」

「なんですか？」

「高橋千代子に君の代々木の屋敷を乗っ取られた一件さ。何もかもこっちの調査でわかっているんだよ。ほら、そんなとぼけた顔をしても駄目だ。……君の家で急死した英子の死体の処理を、君は隣の高橋千代子に頼んだのだ。自分の家じゃ、英子の死体をぼくの家族に引き渡すことはできないからね。もし、そんなことをすれば、自分の悪事がいっぺんにばれる。といって、まさか英子の死体をよその空地に持って行って捨てるわけにもゆかない。そこで思いついたのが隣の化粧品店だ。英子が近所を歩いている途中、急に気分が悪くなって化粧品店にとび込んで死んでしまったことにした。お体裁屋で悪知恵の働く君の思いつきそうなことだ。日ごろ君とはあまり交際のない高橋千代子が簡単にそれを引き受けたのが、君が自分で掘った落とし穴だったね。高橋千代子という化粧品屋の女はしっかり者だった。君の弱点をつかんで、みごとにあの屋敷を安く手に入れたね。この脅迫こそ女ひとりでできることじゃない。高橋千代子に付いている化粧品業の旦那《だんな》が手伝ってるね。……久保君、ぼくは想像で言ってるんじゃないよ、私立探偵社に調べさせたのだ。さすがに元刑事の調査員の腕だね、高橋千代子はみんなしゃべってしまったよ。もちろん君を脅迫したとは言わないがね、それは彼女の言葉の言外でわかるよ。……ほれ、ここにその報告書がある」

浅井は上着のポケットから、封筒をとり出し、中身のタイプ印刷の綴《つづ》りを半分ほど抜き出してみせた。暗い中だが、その紙は白々と浮いて見えた。

久保孝之助は顔も身体も硬直させていた。明らかに彼は封筒からのぞいた私立探偵社の白い紙だけで打撃をうけていた。真偽をたしかめに中身を読むだけの元気も失っていた。

高橋千代子が調査員に洩《も》らしたことばがよほどショックだったようである。

「それに私立探偵社の調査員は、花井駒子からもいろんな材料を仕入れている。花井駒子……むろん、君は知ってるね、君の家に来ていた派出家政婦だ。さすが私立探偵社は商売だね、派出家政婦会をやめて山梨県の山の中に引っこんでいたのを捜し出してきたよ。彼女の話といっしょにね」

これも久保孝之助には思いがけないこととして打撃になった。寒いのか、一度身ぶるいした。彼は石のように突っ立っているだけだった。で、浅井はつづけた。三月七日の地震で久保の家の居間の襖《ふすま》と畳とが焼けていたこと、消火に使用したらしいバケツが三個だったこと。家政婦の話から組み立てて、英子がその精神的な衝撃と肉体的な激動から倒れたのだと久保に語って聞かせた。

「君は、英子が心筋梗塞症《しんきんこうそくしょう》だったことを知らなかったんだね。英子は君に打ち明けてなかったのだ。日ごろは彼女もその持病を忘れたようにしていたし、そんな危険な病気のあることを君に言って、君が怕《こわ》がって寄せつけなくなるのをおそれていたのだ。その病気にはセックスが何よりも禁物なのだ。だが、英子はそれを忘れるくらい君に夢中になっていた。

君は英子を殺したのも同然だ。実際、君のやり方は、刑法上、犯罪になる疑いがある」

「…………？」

「死体を故なくして無関係な他家に運んだのだ。これは死体遺棄罪が成立する可能性が十分にある」

久保が激しく足踏みした。

「君は何が目的なのだ。高橋千代子を真似て、おれを脅迫し、何をおれから取ろうというのだ。金か？」

彼は突然、乱暴な言葉になった。

「金か？　え、そうだろう？」

「金じゃない」

「嘘つけ。結局は金欲しさにここまでおれを尾《っ》けてきたのだ。しかし、そうやすやすとは、その脅かしには乗らんぞ。……それにおれには対抗手段があるからな」

久保の長身が肩を上げた。

「対抗手段？」

「そうだ。こうなったら、おれは女房に全部を言ってしまう。高橋千代子にもあの屋敷を乗っ取られたし、もう恐ろしいものはない。英子さんの話だと、君は農林省の係長じゃないか。本省の係長が女房の浮気をタネに脅迫を働く。それじゃまるで美人局《つつもたせ》と変わらないじゃないか」

浅井は、あっと思った。見えなかった石が爪先《つまさき》にあった。

「これはおもしろい。ぼくは一介のサラリーマンで、叔父のちゃちな会社にいるから、世間体がどうのこうのといったところでたいしたことはない。叔父だってぼくを馘《くび》にはしない。女房のやつもどうやら肺癌のようだから長くはなさそうだ。つまり、ぼくにはこれ以上失うところはないわけだ。……ところがだ。ぼくが君を脅迫罪で告訴したら、君は役人をしていられなくなる。裁判で判決があるまでは首はつながっているだろうが、係長の椅子からはすぐ転落さ。いや、その前に週刊誌などが書き立てる。君は役所にいられなくなる。君は、長年お世話になった役所や上司の顔に泥を塗ったままではいたくないだろうからな」

浅井恒雄は、現場で叩《たた》き上げた役人に共通する心理として本省の名誉と、自分のかち得た地位の保持に執着し、かつ、小心であった。ということは、それに対する防衛心が本能に近いほど旺盛《おうせい》だということである。これが思ってもみなかった犯罪を誘発することがある。

浅井の場合、高原の闇がそれを手伝った。

15

いつ、村道から県道に出ていたのか、浅井にはわからなかった。

暗黒が四方から身体を包みこんでいる。闇にも重量があった。水の中を歩いている感じで、脚の運びが自由でなかった。前面の暗黒を截《き》り開いて行くようである。黒い森や林が揺れて見える。童話にこんな情景があった。霧が流れていて、人家のまばらな灯がしぼんでいた。

浅井は寒さを感じないだけでなく、全身が火照《ほて》っていた。自分の呼吸がいそがしく耳につたわり、吐く息が黒い闇を泡立てているようであった。

浅井は、たった今の行動がともすると自分の実感からはなれそうであった。それは、あれが自己の「意志」でなかったことからくる。計画でもなければ、執念の果てというのでもなかった。ちょっとしたはずみである。そういうつもりでしたのではなかった。つい、うっかり手が出たのである。瞬間の意識が断絶したのに似ている。

硫酸のはいった瓶は、はじめからポケットに忍ばせてきた。だが、これは攻撃するためのものではなかった。久保孝之助は若い。上背もある。口論から闘争になった場合に備えておかなければならなかった。膂力《りょりょく》のある対手が狂暴に攻撃してきたとき、とにかく瓶のものをぶっかければ怯《ひる》むにちがいない。その隙に逃げるつもりだった。だから、瓶は女が化粧品に用いるヘア・オイルの六〇ミリリットル入りだった。英子が使っていたものを利用し、硫酸を詰め、固く栓をし、蓋《ふた》を閉じてきた。優雅な瓶型に、金色の蓋と銀色のラベルがついている。

久保孝之助が、美人局同様の脅迫を訴えて、浅井を農林省にいられなくしてやる、と叫んだとき、浅井に狼狽《ろうばい》と恐怖とが奔《ほとばし》った。そういう成行きになるとは考えてなかったのだ。久保に土下座させ、百万遍も叩頭《こうとう》させ、血を吐くような声で告白させ、謝罪させる。相手が打ち震えながら哀れみと許しを乞う姿を見下ろすのが、さし当たっての浅井の目的であった。さし当たってというのは、それから先の目的が決まってなかったことだ。だが、久保の土下座を起点とすれば、どのようにでも対手《あいて》を屈辱に陥れる発展性はある。これは予想がつかない。が、眼にあるのは、久保がいやが上にも哀れになってゆく姿だけであった。久保がみずから乞うて申し出る条件も、奴隷性のものでしかないのだ。これを見ものにしたかった。

久保の逆襲が不意で、浅井が思ってもみなかったほど強力であった。しかも、急所といっていい弱点に突撃してきた。一瞬に浅井の足場は崩壊した。役所にだけはこんなことを知られたくない。むろん対手の言い分は言いがかりである。しかし、ことの是非を役所に判断させるのが本意ではなかった。とにかく手負いになって猛《たけ》り立っている久保の声を役所の人間に聞かせたくなかった。わが身の防御に頭が燃えたというのがありようであった。

試験でやっとはいった役所である。窓口からこつこつと叩き上げた。有資格者《キャリア》制度という差別待遇の不合理に憤っても通らない世界だと悟ると、実務の精通でエリートに対抗しようと一念発起した。人一倍働いて、居残りもした。皮肉と嘲笑《ちょうしょう》の中の十数年間であった。法規と先例の徹底的な研究、業界の実態調査に私生活の愉《たの》しみを犠牲にした。その苦労が実って、今では食糧課の「鬼」といわれ「生字引《いき》」とよばれて、課長や部長も一目置き、そしてたのもしがられている。業者には睨《にら》みが利いている。食糧課の「陰の課長」だと業者たちに言われ、おそれ憚《はばか》られている。味方にすればこの上なく頼りになるが、敵に回したら怕い男だと業者ばかりでなく部内でも噂している。――その地位が、久保孝之助の居直りによる通報でいっぺんに崩れるのである。

浅井には、農林省に入省して以来の出来事が一どきに眼の前を駆けめぐった。新米だったころに恐ろしかった上司たちの顔、法規法令集を暗記する片端から一枚ずつ破って胃の中に飲みこむような猛勉強、初めて法規の知識を披露して難問題に意見を述べ課長をおどろかせたときの気持ち、自信がついて課の実力者としてのし上がって行く段階のさまざまな出来事、柳下ハムの社長《おやじ》その他業界の古狸どもがへつらってくる顔――それらの出没は、死を直前にした人間が幼時からの想い出を回転ドアがまわるように瞬時に見るのと似ていた。

浅井はポケットから化粧品の小瓶を出した。金色の蓋をはずし、入念に栓を取った。暗い中のことで、猛り立った久保はその動作の意味を知らなかった。長身の久保がのしかかるように喚《わめ》いているとき、瓶を握った浅井の手が下から半円を描いた。闇の中のことで奔出する液体の線は見えない。見たのは奇態な声をあげて顔を押さえ、くずれるようにうずくまった久保の影だった。

久保は、地べたにしゃがみこみ、あわてて片手でポケットのハンカチを探り出し顔に当てがった。それきり起き上がれないでいた。妙な、子供のような声で、う、う、ううう、と泣き出した。うずくまった身体をきりきり舞いさせて伸び上がったり、地面に縮んだりして、ネジで動く人形のようであった。が、そうした中でもハンカチは顔から放さなかった。

久保は叫んだ。療養所に走って救急車を呼んでくれ、おれの眼が溶ける、溶ける、顔が焼ける、おお、頼む、後生だから早く救急車を呼んでくれ、盲目になるぞ、眼が溶けて流れそうだぞ、どうしてくれる。久保は、おん、おん、と泣き、人間とは思えぬ声を放った。

硫酸が久保の眼をまともに襲撃したのを浅井は知った。水を混ぜてない、生のままの濃硫酸だった。これは、わざわざ遠い品川の薬品店に行って、便所の掃除に使うといって買ってきたものだ。——このままで、どうして対手をほうっておけよう。眼がつぶれても、口は他人に向かって浅井を糾弾しつづけるだろう。よし、いま迎えに行ってやるから待っていろ、と浅井は、久保に言った。そう言って、暗い中で、大きな石を捜していた。眼は、人影があるかどうかも探っていた。

最初の石が頭上に落下したとき、久保は咽喉《のど》の奥から空気が破れるような声を出しただけで、しゃがんだ姿勢からくずれ落ちた。白いハンカチが手を放れてふわりと地上に落ちたが、久保の手は動かなかった。

浅井は一度使った石をまた拾い上げるような愚かなことはしなかった。石には飛び散った血がついているだろう。それが袖口《そでぐち》に移ったり、洋服の前に付着しないとも限らなかった。彼は次の石を捜した。今度は久保に、待っていろと言う必要はなかった。

三つの大きな石が久保の頭部のぐるりに集まっていた。石を投げられて殺されたヘビを想い出した。浅井はふしぎに落ち着いていた。久保の口を利けなくしたという安心が先に立っていた。試しに久保の片脚を思い切り蹴《け》ってみた。脚は物体として、ちょっと動いただけでとまった。身体も顔も微動だにしなかった。

顔といえば、そのかたちが消えていたのにはおどろいた。血が顔を蔽《おお》って闇の黒さといっしょになったのである。ただ、大石が三つ、ちょうど三角形に久保の頭を挟んで、暗い中でも白々と浮いていた。――振り返ると八ヶ岳の漆黒が息を塞《ふさ》ぐばかりに間近に逼《せま》っていた。

とり返しのつかぬことをした、だいそれたことをした、と思ったとき、はじめて全身が熱をもってきた。――これで人殺しの仲間にはいった。……たった五分間ぐらいの間にそうなった。自分の一生にそういう運命があるとは知らなかった。しかし、どうも、自分にはそれがふさわしくない。このぼくに、人殺しがやれるはずはないのだ。そういう性質ではない。……手がすべって持っていた物が落ちた感じであった。

県道を、駅のほうに見当をつけて歩き出した。十歩ばかり脚を動かして、はっとなって停まった。全身の毛が猫のように逆立った感じであった。あそこにヘア・オイルの瓶を落としたままで来た！

どうする。引き返して拾いに行くか。

しかし、もし死体の傍に戻ったとき、歩いてくる人と出遇《であ》ったら——無事に瓶を拾って帰ってくる途中でも、通行人と出遇い、こっちの顔を見られたら——後日の捜査の有力な資料になってモンタージュ写真にされかねない。

立ち止まって前後を見渡したが、車も通らず、人の歩く様子もなかった。県道（と浅井は思っているのだが）すら、このとおり無人である。ましてあの道幅の狭い、山ふところに向かっている村道に通行人があるわけはない。——が、そう言い切っていいものかどうか。不運は予想のつかないところにひそんでいる。

浅井は、あの小瓶は諦《あきら》めようと思った。日本製のありふれたものである。英子は、おしゃれなほうだったが、それでもあの銀色のラベルがついたS化粧品本舗製のものが外国品のように高いわけでもない。日本じゅうで毎日何万本と売られているだろう。ことにあれは英子の使い果たした空瓶で、もう一年以上も前に東京のどこかで買ったものなのだ。硫酸を注ぎこむ前に瓶を入念に調べてみたが、これという特徴はなかった。銀色のラベルもかなり古くなってよごれていた。

それに、ここは長野県ではないか。たとえ警察があの小瓶を手がかりにして捜査をはじめるにしても地元から洗うにきまっている。被害者が東京の人間だからといって、まさか東京から追いかけてあのしわざに及んだとはすぐには考えまい。刑事がS化粧品本舗にへア・オイルの販路を聞きに行くのはかなりたってからであろう。そこに行っても、都内や全国の何万軒もの小売屋からこれまで何百万個も売られていると知ったら、おじぎをして帰るだけであろう。

だが、禍根にはならなくても、心配のタネになりそうなものは取り除いたほうがいい。それに越したことはない。

しかし、その完全のために、予測できない偶然（現場で人に遇う）に攻撃されたら、たちまち自滅に曝《さら》される。安全の度合は、このまま脚を遠ざけるほうに傾く。

……浅井は、こんなことを考えている自分に気づき愕然《がくぜん》となった。これこそまさしく「犯人心理」ではないか。計画になく、意志から離れていたとしても、まぎれもなく殺人行為はやってのけたのだ。渚《なぎさ》に打ちよせてきた平凡な波に脚をすくわれ、一気に沖合の海に身体を持って行かれたときのように、不注意の結果とも過失とも、——とにかく理不尽に黒い波に呑《の》まれた気持ちであった。強引な外力だった。

この意識と、殺人の自覚とがはなればなれだった。とにかくまだ自覚がない。行為に充実感がない。最初からその目的でなかったからだ。目的だったら、たとえ失敗しても行為に対しての充実感は残る。もののはずみにしたことに、充実感があり得ようか。つまり、自分に納得するものがない。

英子の仕返しでもなんでもなかった。英子の復讐《ふくしゅう》だったら、そうまですることはなかった。そんなに英子を熱愛していたわけでもない。愛してもいない女のために重大な犯罪をする必要は何もなかった。結局は、英子にもあざむかれ、久保孝之助にも瞞《だま》されていた自分を癒《いや》すことだけでよかったのだ。あの場で、久保が匍《は》いつくばって地に頭をこすりつけて憐愍《あわれみ》を乞《こ》いさえすれば、何でもなかったのである。それ以上のことはさして望まなかった。それでこっちも満足していたろう。

久保が突然に起《た》ち上がってきたのがいけなかった。追い詰められて、屈した身体を伸び上がらせ、爪を立ててきたのだ。反省するとすれば、そこまで久保を追い込んだことだった。こっちも深追いが過ぎたのである。が、追っている段階では一種の愉悦があった。それが自然と執拗《しつよう》になった。自分も傷つきながらだが、最後には相手にもっと傷を負わせるという愉《たの》しみ——その追跡が自分でも偏執的になっていた。

相手により深い傷を負わせるといっても、何も大きな石の下に砕いた頭を置くことではなかった。あの三つの白い石の三角形の囲みの中で、どす黒い血にまみれた顔を横たえさせることではなかった。まったく、それは心理的な報復だけでよかったのに。ほんとに、土下座してくれるだけで済んだのに。――


県道を二十分も走ったろうか。膝頭《ひざがしら》から力が脱《ぬ》けていて、脚ががくがくしていた。まだ夢の中を歩いている気持ちであった。容易に前に進めない。夢の中の走り方に似ている。

背後から光が射してきた。エンジンの音が聞こえる。浅井は慄《ふる》えた。もう追手がきた。二つの眼玉の光が大きく強くなってくる。追手が迫ることも、夢の中の出来事とそっくりであった。夢と現実とは一致するものなのか。

走るのをあきらめて道の片側によけた。後ろはふり向けない。ヘッドライトにこっちの顔が相手に真正面になる。浅井は急いでポケットから茶色のサングラスを取り出して顔にかけた。それだけの意識はまだ働いていた。

車が横にとまった。心臓が破れそうなくらい速く搏《う》った。

「もし、もし」

乗用車の窓が呼んだ。身体を凍らせるような声だった。

「駅のほうにおいでになるのですか?」

おだやかな口調だった。

「はあ」

濃い茶色の眼鏡では暗い中の相手の顔がよく見えないが、見るつもりもなかった。浅井は、顔を下にむけていた。

「それじゃ、ついでだで、お送りしますよ。これにお乗んなさい」

人が二人いることがわかった。運転者の横の助手席に人がすわっている。策略かもしれないと思った。が、逃げられなかった。こんな場所では逃げこむところがない。

後ろの座席に腰をおろすと中型車は走り出した。運転する男は肩のひろい毛糸ジャケッの背中を見せている。助手席の男は革ジャンパーを着て煙草を吸っていた。乱れた長い髪で、女のようだった。これで浅井は胸をなでおろした。警察の者ではなかった。が、心臓の速さは急には鎮まらなかった。

運転者と革ジャンパーの若い男とは話のつづきをしていたが、よく聞こえなかった。耳鳴りがしていた。外に暗い山と畑が流れる。

「何時の列車ですかね？」

運転者が毛糸ジャケッの背中越しに大きな声で訊《き》いてきた。急だった。

列車の時刻を浅井は知らなかった。帰りの時刻表を調べていなかった。久保の行動しだいでは、この町か上諏訪に泊まるつもりでいたのだ。

「さあ。この時間に間に合う列車なら、どれでもいいのですが」

「上りですか？」

「はあ」

下りと答えればよかったと思った。上りは新宿行きである。東京から来た人間だと、すぐわかる。下りと言っておいても、駅前の近くで車を降りるのだから相手にはわからないはずだ。が、もう遅かった。言い直すと変に思われる。助手席の若い男が腕時計をのぞいて、低い声で運転者にささやいた。

「いま九時半だそうだで、上りは十一時のを待たねえとねえそうですよ。新宿は、夜明けの四時半ですなあ」

うなずいて返事をしなかった。

「療養所においでになったのですか？」

ハンドルを左に回して運転者は訊いた。道が曲がっている。遠くから町が近づいたが、灯は少なかった。

「はあ」

「ここも、もう少しバスがおそくまであるといいのですがなあ」

運転者の白い手袋が眼にはいったとき、浅井は思わず、声を上げそうになった。あの化粧品の瓶に指紋が残っていないか。臀《しり》が浮いた。車を停めよう、ここからでも引き返して瓶を回収に行こう、あれを拾ってこなければならぬ。やっぱり、あのとき瓶を取りに引き返すべきだった。

「東京の景気はどうですか？」

「はあ」

出鼻を抑えられた。

「不景気が来とるらしいですな。わしらも、減反政策で困ってますよ。都会の人は農村のふところがいいと羨《うらや》ましがっていなさるそうだが、どうにかなっていたのは昨日までのことでね。今夜も農協の寄合いがあったが、減反の割当ての相談で、お通夜のようでしたよ。なにしろ、減反の割当てで自殺した組合長もおりますだでな」

この男、農協の役員だったのか。——浅井は、これはうっかりした行動はできないと思って、浮かしかけていた臀を落とした。

16

東京の新聞に、殺された久保孝之助の記事が出た。ある新聞は《八ヶ岳山麓《さんろく》の殺人》といい、ある新聞は《富士見高原殺人事件》といった見出しをつけた。

内容のだいたいはこうである。

《日曜日の朝七時ごろ、長野県諏訪郡富士見町字立沢の県道より約一キロ東側にはいった村道で石で殴殺された年齢四十歳ばかりの男の死体を付近の者が発見した。所轄署で調べると、傍に置かれたスーツケースから、身元は東京都中野区東中野ケヤキ・マンション居住の久保孝之助さん（三八）とわかった。推定死後時間から土曜日の午後八時ごろから十一時ごろの間の犯行と思われる。

現場は八ヶ岳の一峰である編笠山《あみがさやま》の南山麓に当たり、釜無川《かまなしがわ》の上流渓谷に近く、夜間は通行人の途絶える寂しい場所である。被害者の頭のまわりには血にそまった二キログらいの大きな石三個があり、この石の殴打または落下による頭蓋《ずがい》骨折が致命傷。また、顔面は硫酸で爛《ただ》れているので、犯人はまず硫酸を顔にかけて、被害者が倒れたところに右の石を頭に打ちおろしたと考えられ、その残忍な方法は怨恨《えんこん》による犯行の疑いが強い。金品は盗まれていない。

久保さんは付近の高原療養所に入院している妻を見舞いに東京から夕方の列車で着き、療養所に行く途中、この凶行に遇《あ》ったものである。犯人の遺留品としては、硫酸が少量残っている六〇ミリリットル容量のヘア・オイルの瓶一個があるだけだが、これは使い古された空瓶であり、犯人はこれに硫酸を入れて所持していたらしく、計画的な犯行の線が強い。瓶には不明瞭《ふめいりょう》な指紋が一個付いているが、はっきりしていないので、これから犯人を求めることはむずかしいようである。容器に利用されたヘア・オイルは婦人用化粧品で、全国にひろく市販されている銘柄品なので、販売ルートからの捜査は困難とみられる。化粧品瓶を利用している点から女性による犯行説もある。

久保さんは都内京橋の叔父の経営する会社の総務部長をつとめ、会社の話では、おとなしい人柄で人に恨まれるような性格ではなく、また女性関係は聞かなかったと言っている。

怨恨による犯行説のある一方、最近八ヶ岳山麓にはヒッピー族がはいりこんでいるので、あるいはアメリカで起こった女優テート殺しのマンソンらを真似《まね》た狂信的なヒッピー連中の凶行ではないかという臆測《おくそく》も行なわれ、捜査本部でこの方面の聞込みも行なっている》月曜日の朝、浅井は駅のスタンドから数種の新聞を買って読みくらべた。どの新聞も似たような報道だった。

〈ア・オイルの瓶に不明瞭な指紋が残っていたというのを見て胸が騒いだが、これから犯人を求めるのは困難とあったのでいくらか安堵《あんど》した。記事は警察ダネだから間違いはなかろう。

はっきりしない指紋では、なるほどわかりようはあるまい。ほんの一部がうすぼんやりと浮かんだ程度では役に立たないだろう。

思い合わされるのは、二年ほど前に東京西近郊で、輸送中の某工場のボーナス何億円かが偽《にせ》交通警官に詐取された事件である。輸送に当たった銀行員は偽の白バイにうまうまとだまされたのだから強奪ではない。新聞によると、捜査本部ではボーナス袋を入れていたジュラルミン製のトランクからうすい指紋を一つ発見したというので、たいそう意気込んでいたが、いつのまにか指紋のことは、トランク内にあった一塊の赤い土くれの証拠物とともに、報道から消えてしまった。赤い土くれは関東ローム層のどの辺の土地のものだという分析結果が新聞にはなばなしく出たが、結局、捜査に結びつかなかった。浅井ははじめその報道を読んだとき、用心深い犯人がトランクの中に赤い土くれを残すはずはなく、わざとそれを抛《ほう》りこんでの攪乱《かくらん》作戦くさいと思ったものだが、記事から完全にそれが消えたところをみると、どうやら捜査一課長はまんまと犯人の手口にひっかかったようである。世間に大きな衝撃を与えた重要事件の捜査さえこのありさまだ。ヘア・オイルの瓶についたうすい指紋からなにごとがわかろうか、と浅井は自分の胸を落ち着かせた。

第一、指紋の照合というのは前科者の指紋台帳とひき合わせるもので、善良な市民のは登録されていないのだから、この方法は役に立たない。まして不明瞭だというのではなおさらである。

また硫酸を入れた容器のヘア・オイルの小瓶は全国に大量に販売されているから、これから手がかりを得ることは困難だという新聞記事も、浅井が予想したとおりであった。とくにあの瓶は新しく買ったのでなく、妻の使い古しを利用したのだから、販売経路からわかるようなことは絶対にない。

——このように考えて、あのとき、瓶を取りに途中から現場に引き返さなくてよかったと彼は思った。瓶の指紋のことはずっと気になったが、このぶんならたいしたことはない。もし、あのとき、気が気でないままに現場にとって返していたら、どんな不運な偶然に出遇っていたかしれないのだ。死体は翌朝七時に発見されたというから、その時刻まで通行者はなかったわけだが、それは死体の傍を通らなかったまでのことで、村道のどんな出合いのところで人と遇い、顔を見られたかは保証の限りではないのである。

ここで浅井は、新聞にあの農協の役員のことが全然出ていないのに気づいた。県道から自家用車に拾ってもらって富士見駅の近くで落としてくれた二人づれである。時刻といい場所といい、当然に彼らは警察に届出なければならないはずなのに、それが記事になっていない。どうしてだろう。

考え方に三つある。一つは警察が捜査の秘密としてこれを発表していないこと、一つはあの二人が事件の発生を知らずにいて、この記事の締切りまで届出をしていないこと、したがって明日の新聞には「県道を歩いていた怪しい男を駅前まで車に乗せた」という記事が出るかもしれないこと、もう一つは、農協の寄合いから帰りがけのあの二人が、殺人事件と車に便乗させた男とをまったくべつべつに考えて届出をしていないこと、である。

最後の項の仮定は少しく希望的で虫が好《よ》すぎるかもしれないが、実際には絶無とはいえない。まさか高原療養所に見舞いに来た男が、人を殺してから県道を堂々と駅のほうに向かって歩いていたとは思わないであろう。

浅井のこの考えがどうやら当たっているらしいことは、翌日の新聞にも、翌々日の新聞にも、いや、ずっとあとあとまで「県道を歩いていた男を車に便乗させた」記事が出ない事実であった。もし、農協の二人が警察に届出ていたら、それが派手に報道されないわけはない。警察がそんなものを「切り札」にして手の中にいつまでも隠しているはずはなく、むしろすすんで事実を発表して一般からの情報を期待したほうが捜査の利点なのだ。やはり、あの二人は、県道から車に乗せてやった男を殺人事件とは無関係に考えているのであろう。

最初の新聞記事は、その「残忍な」殺しの様子から怨恨関係を打ち出している。これは捜査側の見方である。「残忍」なのはこっちの意志でもなく、計画でもなかった。つい、その場のゆきがかりで思わずそうなったのであるから、「残忍」に対して責任を負うわけにはいかない。責任はもののはずみに存在する。

また記事によると、久保孝之助の周囲はいずれも当人が人に恨まれるような人物でなかった、殺害される原因に心当たりがないといって、怨恨説を否定している。これは当然で、彼と英子の秘密な関係からその夫の抱いたひそかな怨恨をだれが知っていようか。久保当人さえ気づいていなかったことである。浅井は、だれにも自分の気持ちをしゃべっていない。

ただ、ここでちょっと心配されるのは、例の興信所に久保孝之助の調査をさせていることだった。興信所では久保が殺されたのを新聞で読んで、調査依頼人のことを警察に届出たかもしれないのである。が、しかし、現在までのところ、それは報道されていない。

なぜだろうか。理由としては、興信所では契約の秘密を守って、たとえ被調査者が殺害されようと警察に沈黙していることが考えられる。営業上の秘密性が公共の利益に優先するか（警察の捜査に情報を提供することは公共の利益であろう）、それとも、公共の利益が、営業の秘密厳守性に優先するかは判断のむずかしいところだが、興信所が届出ないでいるとすれば、やはり自己の業務を大切にしているのであろう。人事調査の業務は、依頼人のこともその相手側のことも、双方の秘密を守るというルールの上で成立している。そう考えて客に安心感があるからこそ営業が繁栄しているのである。

しかし、浅井はその依頼にはもう一つ歯止め策を行なっている。興信所には自分の本名はおろか勤め先も住所も明かしていないことである。すべて偽名と偽の住所で押し通した。連絡にはその都度、浅井が自分のほうから興信所に出かけている。依頼するのも、調査費の手付金を置くのも、催促も、報告書を受け取って残額の金を支払うのも、みんな自身が出向いてやっているのである。そのたびに濃い茶色のサングラスをかけたから、サングラスをかけてないとき街で見られてもちょっと顔がわからないようにしていた。また、万が一、興信所のほうから警察に協力しても、その依頼人がどこの誰やらわかるまい。まさか農林省の中にいるとは想像もしないだろう。こういう場合を前もって考えたからこそ、興信所への依頼には、用心というよりも十分な警戒をとったのである。

最後の懸念は、高橋千代子だが、これも気づかいはあるまい。なぜかというと、あの女は英子の死体を遺族に渡した裏の事情がこっちにわかっているとは知らないからである。英子が久保とそういう仲になっていたこと、彼女が久保の家で死んだことなど遺族は何も知っていないと思っている。だから、久保が殺されても、その因果関係を英子の夫や遺族に結びつけることはないはずだ。また千代子自身も久保を脅迫してあの屋敷を安く手に入れたということから脛《すね》に傷をもつ身である。よけいな差出口はしないにきまっている。

——このように考えて、浅井はすべてが安全な地帯に立っている自分を見いだし、たいそう安心をおぼえるのであった。条件《データ》の一つ一つを詳細に吟味し、検討した結果、こういう結論になったのである。決して楽観的な希望を混じえているのではなかった。

都合のいいことに、新聞の報道どおりだとすれば、久保を殺したのは八ヶ岳山麓《さんろく》にたむろするヒッピー族の虚無的な犯罪かもしれないという線も出ている。原因のわからぬ殺人にはこれがいちばん安易だし、興味的である。アメリカ的な現象が日本に上陸したという点では、不景気だけでなく、日本の犯罪がいかにアメリカ化しているかという点で世間に興趣をもたれるだろう。世間は「おもしろい」ほうに目を向けがちである。

ヒッピー族の犯罪と想定したのは、その残虐な殺し方にあるという。顔に硫酸をかけ、三つの大きな石で次々と頭を砕いたのは通常の殺人事件にはないことだ、と新聞も報道していた。復讐《ふくしゅう》を思わせる殺人だとも書いてある。アメリカのヒッピーは文明に対する宗教的復讐として人を殺したと「解説」してあった。八ヶ岳のヒッピー族にはまことに迷惑である。——その徹底した殺し方が、実は防御の完璧《かんぺき》を期すためだった点にはだれも想到していないようである。

それにしても、暗中に三つの石が三角形に白々と浮かび、その囲みの中に久保の顔が血で真黒になって闇に消えていた記憶は、寝覚めのいいものではなかった。

そのことを忘れさえすれば、何もかも都合よくゆきそうである。

浅井は毎日、役所で仕事に精励した。文書や書類を点検し、意見があればその旨を付箋《ふせん》につけて上司に回し、業者に会い、会議に列席し、起案の草稿を書く。毎日が忙しいのである。

富士見高原の殺人のことはしだいに彼の頭から離れていった。その場所が遠いように、日時がたち、過去のものとなるにつれ、記憶に距離が生じてきた。それは体験的な実感から遠ざかることであった。もともと計画的に仕組んだ行為ではない。いわば偶然からあんなことになったのだ。偶然には目的がない。目的のない行為には実感が稀薄《きはく》だった。

だが、それにしても彼はまったく平静でいたわけではなかった。どうかすると、おれは殺人者だという自覚が急に衝《つ》きあげてくることがある。全身に汗が噴き出る思いだった。道徳的な罪の意識からではなく、暴露したときの破滅を怖《おそ》れる。高所から突き落とされるときの恐怖に似て、わっと声をあげたくなる。これが胃痙攣《けいれん》のように不時に襲ってくるのである。そうしてその苦痛が去ると忘れたように日常的になるのも、胃痙攣の発作と似ていた。

十一月の半ばだった。久保孝之助の亡霊などは夢にも見なかったが。

全国農協中央会の生活部から、食品加工の講習会に講師として行ってもらえないだろうかと、浅井に相談があった。

「どこですか？」

「長野県の南部なんですがね。諏訪地方の農村で食品加工の生産に力を入れたいというので、長野県の農協中央会を通じて申込みがあったのです。ぜひ、ベテランの浅井さんに来ていただきたいというんですよ。以前浅井さんがほかの県に行って指導されましたね、あれがとても好評で、長野県でもその評判を聞いたそうです。それで、ぜひ、浅井さんにうちのほうにもという熱心な希望です」

浅井は即座に断わった。ふだんなら拒絶するにしても、まあ、二、三日考えさせてくださいと言ったうえで、あとからおだやかに断わるほうなのである。

「いまこっちが忙しいのでね。地方にはちょっと出られないのですよ」

「もう少し先でもいいんですが」

と、交渉にきた全国農協中央会の役員は言った。

「先でも無理ですな。ちょっと見込みが立ちません」

長野県の諏訪地方などとんでもないと浅井は思った。どこであの県道から車に乗せて富士見駅前まで送ってくれた二人連れの男に会うかしれないのだ。運転していたジャケツの中年男は明らかにあの辺の農協の役員だった。減反割当ての寄合いの帰りだと言っていた。

してみると、農村収入の打開策として食品加工に力を入れようと言い出したのはそういう連中かもしれない。うっかり行ったら、まともに顔を合わせる。そんな講習会ならあの二人は必ず来ているだろう。もしかすると、その主催者側かもしれない。

あのときは、用心してこっちもサングラスをかけて、暗い中だったたし、人相ははっきりおぼえられていないとは思うが、それにしても顔を見たら相手は思い出すかもしれない。車に乗ってからでも短い話を交した。その声をおぼえているかもしれない。また、顔ははっきりわからなくとも、姿には他人から見て特徴的な印象があるものだ。

とにかく断わるのがいちばん安全だった。そんな危ない土地にわざわざとび込んで行く必要はない。

「困りましたな。なんとかなりませんか?」

交渉人は言った。

「どうも今度ばかりはね」

浅井は無愛想を承知で言った。

「あなたがこの前、隣県の山梨県に行ってるので、どうもこっちも断わりにくいのですよ。隣県に行って、長野県にはどうして来てくれないかと言うでしょうしね」

言われてみると、今年の秋の初めに、たしかに山梨県には講師として行っている。……山梨県に行ったのは失敗だった。しかし、あれは八ヶ岳で久保孝之助の頭を砕く前だから仕方がない。それも計画性のない行動だったからだ。計画していたら、その直前に山梨県などに行きはしない。——

「ぼくの代わりにだれかやらせましょう」

浅井は代案を言った。

「さあ。先方は浅井さんと指定してきてますのでね。山梨県でのあなたの指導の評判も聞いているんですよ。長野県農協中央会を通じてきてるんです。まあ、いちおうそう言ってはやりますがね」

「とにかく、ぼくは出られませんよ」

17

新聞にその後の続報が出ていないかと、浅井は毎日気をつけて見た。家でとっているのは一紙だけなので、役所に出て他の三紙をのぞいた。これは毎日綴込《とじこ》みにして課に備えつけてある。

あれから三週間はたったが、関連記事は何も出なかった。新しい事件や問題は次々と起こる。紙面はそれを迎えるのに忙殺されていた。ひとつのことを執拗《しつよう》に追うスペースも根気もないようである。また、読者の興味も同じものにいつまでも停滞していない。

あの事件も、やがて過去の中に葬られると浅井は思った。もう半分はそうなりつつある。他の殺人事件の記事がそうであるように、古いファイルの中に綴《と》じこまれたままになってしまうだろう。

いままでは眼に見えない「捜査」に圧迫を感じ、それを忘れるために仕事に専心していたところがあったが、その圧力が肌から遠のいていくと、浅井は自由をとり戻してきた。内側から元気が出た。

こんなときに、わざわざ長野県に出向いて行くことはない。あの県道から死体のある場所に引き返さないでいたのがよかったように、いまさら危険を冒して「現場」に戻ることはないのである。農協からの依頼を断わってよかった。ああいうものはほかの者をやればいい。

そう考えていた矢先のある日、役所の食堂の椅子に誰かが読み捨てにして置いた週刊誌を手にとり、なにげなくページを繰っているうち、「ニュースの追跡」という欄を見てとび上がるほどおどろいた。

《八ケ岳山麓の殺人事件は付近にはいりこんでいるヒッピー族の「宗教的な殺人」ではないかと取り沙汰《ざた》されて話題になったが、このほど耳よりな聞込みがはいって捜査本部を活気づかせている。

東京都中央区京橋のR繊維会社総務部長久保孝之助さん（三八）が長野県富士見高原の村道で殺人死体となって発見されたのが十月二十六日の日曜日の朝、凶行は前夜の二十五日夜と推定された。犯人は被害者の顔に硫酸をかけたうえ、三個の石で頭を叩《たた》き割るという残忍ぶり。久保さんは東京から富士見高原療養所に療養中の妻を見舞いに行く途中でこの悲運に遇《あ》ったのだが、奪《と》られた物もなく、怨恨《えんこん》関係にも心当たりがないところから、「動機なき殺人」としてヒッピー族が疑われたわけだ。

さては、アメリカのテート殺しの日本版かと騒がれたが、その後の捜査では付近にいるヒッピーとは関係がないことがわかった。一時は八ヶ岳山麓《さんろく》の高原地帯に相当数はいりこんでいたヒッピー族も、いまでは流行遅れになったせいもあり、秋風とともに散って数少なくなっている。

捜査本部がつかんだ情報というのは、十月二十五日午後九時半ごろ、療養所近くの県道を歩いている一人の男を、車で通りがかりの富士見農協の木戸明治さん（四〇）と春田次郎さん（二三）とが見つけ、車に乗せ、富士見駅前付近で降ろしてやったというのである。男は四十歳ぐらいにみえたが、黒いサングラスをかけていたのと、暗い中だったので、人相ははっきりとわからなかったという。車の中での話では、男は療養所から出てきたといっているが、警察の調べでは当日その時刻に療養所から出た見舞い客はなく、男が歩いていた県道から現場に通じる村道との分岐点も近いので、その時刻とともに事件に何らかの関係があるのではないかと調べている。

その男は車の中で、上りの列車に乗ると語っていたという。被害者の久保さんも東京の人間なので、あるいは久保さんと知合いの者で富士見までいっしょに来て、久保さんを殺したとも考えられる。そうなると、これまで「動機なき殺人」といわれたものが、怨恨関係の犯行という可能性が強くなり、捜査本部では久保さんの交際関係を徹底的に洗うといっている》

――ちかごろは新聞が続報をあまり出さない代わり、週刊誌が追跡記事を掲げる傾向になっている。表紙を見ると、その週刊誌は一週遅れのものであった。週刊誌までは眼を通さないので、浅井は今日までこれを知らなかったのである。

ひそかに懸念していたことが、表に出ていた。県道から車に乗せてくれた二人連れはやっぱり警察に報《し》らせたのだ。浅井は、いったんは遠方に去った「事件」が急にあともどりして、自分の眼の前に立ったような気がした。

彼は運ばれてきた食事にもろくに箸《はし》が動かなかった。コップの水ばかり飲んだ。気をしずめなくてはいけない、と彼は思った。もう少し落ち着いて、この記事を考えることだ。

この報道が危険の切迫を警告しているかどうか検討してみよう。

車の二人は「四十歳ぐらいの男だったが、黒いサングラスをかけていたから顔はよくわからなかった」という意味のことを述べている。これは想像していたとおりだ。濃い茶色のサングラスをかけていただけの効果はあったのだ。記事にはないが、人相をわからなくしたのは、彼のほうでうつむくようにして、なるべく顔を二人に見せないようにしていたからだ。印象にないのは当然で、モンタージュ写真を作ろうにも手がかりがあるまい。

次に、富士見駅からは上りの列車に乗ると「男」が話していたとある。正確には、あのとき運転している男が勝手に上り列車だと思いこんで言うから、うん、うん、とうなずいただけのことだが、つづいてその年上の男は――週刊誌によると、木戸明治という農協の男は、若いほうの春田次郎という青年と上りの列車時刻のことを話し合っていたものだ。

あのとき、下りといえばよかったと思ったものだが、つい訂正しそこなった。しかし、東京の人間というだけではわかりようがないと考えたのだが、この記事によると、久保孝之助と知合いだと見当をつけ、交遊関係を捜査する、とある。上り列車のことで、危険が一歩近づいた感じだが、久保の身辺をどのように警察が洗ったところで、こっちの関係が出るわけはない。誰も知らないことだ。それこそ結果はどこにも「動機」は存在しなかったということになる。……

浅井はこのように考えて、「危険」がすぐにはさしせまっているとは思えないと判断した。

週刊誌は、一時、心臓を冷やさせたが、それからはなにごともなく済んだ。平静が彼に戻ってきた。

それから三、四日して、この前の全国農協中央会の男が浅井を役所に訪ねてきた。

「浅井さん。長野県の農協中央会に、あなたの都合が悪いと言ってやったんですがね。昨日返事がきて、どうしても浅井さんのお話を聞きたいというんですよ。何とか都合つきませんか」

「ほかの人を代わりに向こうにやったんじゃないのかね？」

浅井は硬い顔になって言った。

「いえ、それを長野県と折衝してみたのですがね。ほかの人じゃ気に入らないらしいですよ」

全国農協の役員はにやにやしていた。

「そんなことを言ったって、ぼくにも都合があるからね。先方の勝手ばかりにはいかない。断わってください」

あなたでないと駄目ですよと言っている。

「やっぱり駄目ですか？」

「駄目だね。ぼくくらいの程度なら、講師の適任者はいくらでもありますよ」

「ところが、それがないのですな。ぼくらも代わりの人をと捜してみたのですが、浅井さんしかいませんね。長野県はやっぱりいいところに眼をつけていますよ」

「おいおい、君までそんなことを言っては困るね。とにかく、断わります」

「弱りましたね。なにしろ浅井さんが山梨県の講習で話されたのが評判になっていましてね。ぜひ、隣県の自分のほうにも足を延ばしていただきたいと言っているのです」

「役所の仕事が忙しい。とにかく出張はできないと断わるほかはない」

浅井は少しきびしい口調になった。

「それでは、いつごろが都合がよさそうですか？」

「…………」

「浅井さんのお仕事の手が空くころです」

「それは当てにならん。いや、それよりも、とにかく、ぼくは行けない。断わって、断わって」

浅井は、顔の前で激しく手を振った。

長野県の南部に行くというのは、とんでもないことであった。南部だけではない、長野県はどこに行っても危なかった。県中央会の肝煎《きもいり》となると、他の地区の農協役員が傍聴にくるかしれない。

木戸明治と春田次郎――この名前は記憶しておく必要があった。とくに木戸は年配で、富士見あたりの農協の顔役らしいから、どんなところで出没するかしれない。警戒しなければならぬ。……

それから十日ばかりは、なにごともなかった。全国農協中央会の男もあれきり何も言ってこなかった。課から代わりの者を出してくれという交渉もないから、農事試験場方面の技師でも派遣したのかもしれない。本来からいうと、それが筋で、何も行政方面の役人が行くことはない。技術関係は専門家がいい。

神戸の柳下ハムの社長から手紙が来た。文面の半分は陳情めいた文句だが、あとは、

「鳥取県においても米作本位から近代的な食品工業という関心が高まり、近く農協中央会の主催で一週間に亙《わた》り、講習会を開催することになりました。講師として中央の農大の教授や有名工場の技師を招くことになっているそうですが、それには二日間だけ浅井課長補佐にご来県願えないだろうかと小生のところまで言ってきております。課長補佐に小生が親しくしていただいているのを知っているからでしょう。

県中央会の総務部長は小生とは前から昵懇《じっこん》にしていますが、たいへん善良な人間です。中央の本省の課長補佐に来ていただければ、講習会も一段と箔《はく》がつき、前景気もさかんになると申しております。鳥取県は大山隠岐《だいせんおき》国立公園や砂丘もあり、またラジウム鉱分含有で有名な三朝《みさき》温泉もあって、中央会ではほうぼうをご案内したいと申しております。何かとご多忙のところを申し訳ありませんが……」

ぜひ、先方の希望を達してやってもらえないだろうか、と書いてあった。

柳下のオヤジの言うことだから、なるべくその顔を立ててやりたかった。鳥取県にはまだ行ったことがないので、「ほうぼう案内」してもらうのには魅力があった。実は、仕事は今そう忙しいというほどではない。

だが、鳥取県に行けば、また長野県が何か言ってくるかもしれない。長野県を断わったあと、鳥取県に行ったのでは名分が立たない。近い山梨県に来ていながら、どうして長野県に来てくれないのかと前に長野は文句を言ったが、今度は遠い鳥取県に行ってなぜ長野県にこれないのかと抗議してくるだろう。

中央本省の課長補佐に来てもらうと講習会に箔がつくと鳥取県では言っていると、柳下は書いている。これだなと浅井は思った。長野県が自分を呼びたがっているのは同じ理由なのだ。

悪い気持ちはしなかったが、この際、ありがた迷惑というものだった。地方は、口ではいろんなことを言っていても、まだその意識には中央権威主義が残っている。

柳下ハムが神戸から電話をかけてきた。

「ご返事を見ましたよ」

柳下は嗄《しやが》れた声で言った。

「お忙しいことはわかっていますが、鳥取県でも浅井さんを熱心に希望していますのでね、何とかなりませんか」

「何ともならないね」

浅井は、無愛想な声で答えた。粘る性質《たち》だから、いいかげんなことを言っては搦《から》まれそうである。

「日にちは、まだ先ですがね」

柳下は言った。

「先でも駄目だね。そろそろ年末が近づいて忙しい。当分、そういう種類の地方出張はできないよ」

「困りましたね」

「困られても仕方がない。中央から大学の先生がたが行けばそれでいいじゃないか」

「それだけじゃ不満らしいですな。本省の浅井さんの盛名は鳥取県にも聞こえていますよ」

「そんなこと言ったって仕方がないよ」

「とりつく島がありませんね」

「ああ」

「今日はご機嫌があまりよくないようですから、また、お願いにお電話します」

「何度言ってきても無駄だよ。機嫌に関係はない。先方にそう言って諦《あきら》めてもらうのだな」

「まあまあ、とにかく。……そのうち、わたしも東京に行く用事がありますから」

「君がこっちに見えるのは自由だが、この件ならもう言い出さないでほしいね」

「じゃ、また、そのうちに」

柳下は笑い声を聞かせて電話を切った。

執拗《しつよう》な男で、すぐには引っ込むまい、と浅井は思った。断わった返事の手紙に電話してくるくらいだ、柳下は、鳥取県農協中央会の総務部長と約束しているのかもしれない。柳下のことだから、浅井課長補佐ならぼくがよく知っている、なに、ぼくから言えばわけはない、そっちにやらせるよ、とでも言って、鳥取県に請合っているのだろう。——だれが行くものか、と浅井は思った。べつに意地を張るわけではないが、身の安全のためだった。

四日たって、柳下がまた電話してきた。

「お願いできませんか」

「駄目だな」

「まだ日にちはあります。考えておいてください」

「考えるまでもないよ。すでに年末態勢だからね。絶対に行けないね」

「そこを、ひとつ、さし繰っていただいて……」

電話を切ったあと、柳下のしぶとさには馴《な》れているが、今度だけはうとましかった。が、うとましいのは実は柳下でも鳥取県でもない。長野県の中央会が前に口をかけてきたことだった。それさえなかったら、十二月の温泉行きも悪くはなかった。

長野県のほうはあれきり諦めたのか、その後は何も言ってこなかった。

三日ばかりたってのことだった。浅井がエレベーターの前に立って下りを待っていると、下から函《ケージ》が上がってきた。ドアが開いて出てきたのは官房長と白石局長だった。官房長は鶴のように瘠《や》せて優雅で、白石局長は熊のように肥《ふと》って鈍重だった。浅井は二人に頭を下げた。

二人は廊下を向こうに五、六歩行ったが、急に白石局長だけがこっちに戻ってきた。眼を浅井のほうにむけ、あるかなきかの鷹揚《おうよう》な微笑をたたえているので、浅井は局長が自分に用事があって引き返したと知った。太いズボンがゆっくりと歩いてくるので、浅井のほうから二、三歩近づいて行った。

「どうだね、君。元気かね?」

白石はおだやかな口調で訊《き》いた。その後の様子を訊ねているのである。上司らしい思いやりであった。多少、政治的な恩恵もある。

「はい。元気でおります」

浅井はおじぎして答えた。

「それは結構だな。ところで、君、長野県の農協中央会から、ぼくのところに県下の視察に来てくれないかと言ってきているので、来週の半ばごろから三日間行ってこようと思っている。農業政策の転換で、どうせ陳情をからめてのことだろうが、この際、知らん顔もできない。農産物や牛、豚などの食品加工が今後の主体になるから、君を連れて行こうと思う。そのつもりで準備してくれたまえ。君といっしょは神戸以来だね」

「…………」

「あのときは、奥さんの不幸で気の毒した。今度は気楽にしてもらおう」

「…………」

「いいね」

「はい。……」

局長が、向こうで待っている官房長のところに戻り、肩をならべて廊下の角に消えた。

そのあとまで浅井は気を失ったような状態でそこに立っていた。

上から戻ってきたエレベーターがドアを開けたが、だれも乗らないのでひとりで閉まって下降した。

18

白石局長が長野県に出張したとき、浅井は随行しなかった。その二日前に風邪をひいて発熱したという届けを出して役所を休んだからである。

どうしてそんな危険なところにとびこめようか。

局長の心証を多少とも害するのはわかっていたが、背に腹はかえられなかった。こればかりはやむを得ないのである。局長のほうは、あとで何とかご機嫌をとり結ぶことにした。もともと坊っちゃんタイプの局長だから、気が変わるのも早いのである。いわばお天気屋さんだった。実務ではこっちが熟練者なので、向こうも機嫌が悪いままではいられないはずである。実務に明るい部下から、そっぽを向かれたら損だということぐらい上司は知っている。それに、白石は、現在のポストに腰をすえている気持ちはなく、眼は農政局長か農地局長の椅子に向いている。小事にこだわるわけはなかった。

だが、白石から、エレベーターのところで、長野県行きの話を不意に持ち出されたときは、浅井も、つい承諾の返事をしたが、あとでそれが苦になったこともたしかである。その場で断われなかったのは、やはり局長というものから受ける威圧感だった。人物はお坊っちゃんでも地位にいるとなると別である。長い間の役所勤めで叩《たた》き上げた人間には「丁稚《でっち》根性」が抜けない。

あれから四、五日間は憂鬱《ゆううつ》だった。そのうち、課長から局長随行の正式の話があった。局長からじかに話があったことなので、これも拒絶ができなかった。とどのつまり案出したのが病気欠勤だった。これでどうやら危機を切り抜けたのである。

長野県に行っても心配はないと思うが、万一ということもある。どこで、あの二人——木戸明治と春田次郎という農協の男に遇《あ》うかしれなかった。こっちの顔をよく覚えてはいないらしいが、記憶からうすれたものでも、もう一度実物を見れば明確なかたちが戻ってくることもある。そんな危険を冒してまで、なにも現地にサービスすることはないのだ。

局長のお供には、課の主任が急遽《きゅうきょ》、代わりに立たされて長野県に行った。その男の報告によると、現地では浅井が来なかったことにひどく失望したというのである。

「この次には、ぜひ、浅井さんに来てほしいということでしたよ。そのためには、今度は偉い人ではなく、浅井さんのような実力指導者を迎えて特別講習会を開く企画を立てたいと言っていましたね」

　主任は言った。

　とんでもないことだ。危険地帯からの招待を避けるためには、ここしばらくは、どの県からの誘いもお断わりである。

　白石局長にはあれから遇わなかった。「病気」になって迷惑をかけたのだから、ほんとうは謝りに行かなければならないのだが、局長室にわざわざ出むくのも億劫《おっくう》であった。ただ、課長にだけは「風邪が癒《なお》って」出勤したときに言訳しておいた。

「病気では仕方がありません。局長にはぼくからよく言っておきます」

　課長はあっさりしていた。とりようによっては、べつに彼でなくとも代わりはいくらでもあるというようにも聞こえ、浅井には少し不満であった。この課長も有資格者で、いまの椅子を一時の腰掛けと心得ていた。そのような型《タイプ》は、仕事の内容の深化よりも、事勿《ことなか》れ主義が第一であった。

　その後、課長を通じて局長の不満が伝えられるのではないかと浅井は思っていたが、そういうこともなかった。局長もまた、口の先ではあんなことを言っていたが、むりに浅井でなくとも、だれでもよかったのである。現地の意向を伝えた主任の言葉は、お世辞として聞くべきであろう。向こうでは多少、浅井に来てほしいという希望はあったかもしれないが、それも熱心というほどではなかったのだ。要するに、こっちが深刻に考えすぎていた。——

これは警戒のあまりに、少々気を遣いすぎていたようだ。気をつけなければいけない。用心に越したことはないが、あまりに神経質になってもいけない。平静を保っていかなければならぬ。

いまのところ、何も心配するような現象はなかった。事件のことは、その後、新聞にも週刊誌にも現われていない。捜査が身辺に近づいているという徴候もなかった。八ヶ岳山《さん》麓《ろく》といい、富士見高原といい、猥雑《わいざつ》な都会と違って、牧歌的な背景で読者の興味をひいた殺人事件も、それきりでジャーナリズムから消えたようである。もっとも捜査の進展がなかったから、続報のしようもあるまい。

一度、局長にお供ができなかったことを謝ろうと思いながら、その機会がないままにすぎた。その年が終わり、新年になった。局長が一同を集めて年頭の挨拶《あいさつ》をしたが、まさかその席に進み出てお詫びを言うこともできなかった。

一月も二月も局長に単独で遇う機会はなかった。姿は見かけるが、いつも遠くのほうからで、それに取巻きがいた。エレベーターの前でうまく落ち合うということはなかった。機会というものはふしぎで、あるときはつづけてあるが、ないとなるとさっぱりない。

三月の初めにようやく白石局長と役所の玄関で出会《でっくわ》した。そのとき、局長は昼飯にでも出かけるらしく、ひとりでぶらぶらと車の待っている玄関に歩いていた。

あれから、もう三か月はたっているので、少々遅すぎて、いまさらとは思ったが、いつまでも胸につかえているようで、気持ちが落ち着かなかった。

「局長」

と、浅井は白石の傍に行って頭を下げた。

「去年の……十二月には、お供ができませんで、たいへん失礼しました」

局長は大きな身体を停めて、浅井を見返ったが、その細い眼は、一瞬何のことだか思いつかない表情をしていた。

「あの……、局長が長野県の農協中央会に出張されたときに、ぼくが急に風邪で倒れて、お供ができなかったことでございます」

浅井はもう一度頭を下げた。

「ああ……」

白石の茫漠《ぼうばく》とした眼つきがようやく焦点を得たようにはっきりした。

「そういうことがあったな。そうか、あのときにね。うむ。……で、もう身体はいいの？」

白石は言ったが、心がそれにないことは言葉が浮き、話の途中から車のほうに歩き出したことでわかった。

「はい。もう、大丈夫でございます」

三か月前の風邪で、身体が大丈夫かもないものだった。

「大事にしてくれたまえ」

「ありがとうございます」

局長の広い背中を見送ったあと、浅井はよけいなことを言ったと少し後悔した。

白石局長は、あのことを何とも思っていなかったのだ。

「属官」の誰がついて来ようが来まいが、局長には関心がないのである。要は、お供の員数さえ揃えばよかった。

（農業政策の転換で、農産物や食牛、豚などの食品加工が今後の主体になるので、君を長野県に連れて行こうと思う。そのつもりで準備してくれたまえ。君といっしょは神戸以来だね。……）

と、去年エレベーターの前で白石が言ったのは、その場の愛嬌《あいきょう》であったのか。階級のかけはなれて上位の者は、そんな思いつきをよく言う。下僚の人気とりである。思いつきの人気とりだから、心がこもっていない。

何もくよくよすることはなかった。先方はこっちがいっしょに行かなかったことなど、とっくに忘れたくらい、気にもかけてなかったのである。浅井は自分のひとり相撲が寂しくもなり、また気の休まりにもなった。寂しく感じたのは、下級役人の悲しさで、絶えず上司の思惑に気を遣っている習性であった。白石局長はたいした男ではないと思っていても、制度上からくる圧迫感は年来のものだった。そこへゆくと、いまの若い連中は羨《うらや》ましい。そんな遠慮はほとんど見られない。

しかし、局長が無関心だったのはいいことだった。それだけ長野県に危険が存在していないという証跡でもある。上司に抱く卑下的な習性を悲しむよりも、こっちのほうをこそよろこぶべきではないか。

その後はなにごともなく過ぎた。寒い日と暖かい日とが交互にくりかえされているうちに、暖かさがふえるようになった。

新聞には、毎日のように殺人事件が載る。犯人はすぐにつかまっている。逃げたとしてもその被疑者は自殺死体で発見されたりしている。いずれも殺された人間の交際関係から犯人が割り出された結果だった。動機や原因が第三者にわかっているからそうなる。そのへんが不明なら、警察も被疑者の割り出しようがあるまい。

浅井の机の横には、行政に必要な法規関係書が立てかけてあるが、その中にはもちろん六法全書もあった。公務員の心得としては第二十五章「瀆職《とくしょく》ノ罪」がある。

「第百九十七条　公務員又ハ仲裁人其職務ニ関シ賄賂《わいろ》ヲ収受シ又ハ之ヲ要求若《も》クハ約束シタルトキハ三年以下ノ懲役ニ処ス　請託ヲ受ケタル場合ニ於テハ五年以下ノ懲役ニ処ス」

——殺人の罪は、奇妙にもその公務員の犯罪の章に出ていた。「第二十六章　殺人ノ罪

第百九十九条　人ヲ殺シタル者ハ死刑又ハ無期若クハ三年以上ノ懲役ニ処ス」

瀆職の罪、殺人の罪とつづいているところは、まるで公務員に殺人を犯す可能性があるかのようであった。

「刑事訴訟法　第二百五十条　時効は、左の期間を経過することによって完成する。一、死刑にあたる罪については十五年。二、無期の懲役又は禁錮《きんこ》にあたる罪については十年。三、長期十年以上の懲役又は禁錮にあたる罪については七年」

十五年から七年――浅井はこの期間の長さを測った。計測の基準は、残された勤めの期間である。十五年とすれば停年の一年後である。十年とすれば、たぶん課長になっているころだ。七年とすれば、課長になれるかなれないかのすれすれの時期であろう。

浅井は、あのことが自分の体験的な意識からかなり離れてはいたが、ときどきこういうことを計算した。が、それは自分の身辺に警察の捜査が近づくのを恐れているからではなく、逆に、なにごともなく過ぎて行く将来を法律で測っているのだった。

――そんな矢先に、神戸から柳下ハムの柳下が出京してきた。

「今度は、何の用事で？」

浅井は、近くの喫茶店に柳下を引っ張り出して訊《き》いた。ちょうど昼の休み時間だった。店の窓からは公園を散歩する官庁の職員の男女が見えた。

「東京の特約店のサービスですよ。北海道の温泉招待です」

柳下は言った。

「いろいろなことをするんだな」

「業界も競争がきびしいですからね。うちのほうはまだ国内だから知れてますが、ほかの業者は団体で海外招待ですからね」

「どこだね、それは？」

「黒崎農機具製作所ですよ。まあ、農機具は水揚げの桁《けた》が違うから、ハムやソーセージ屋のサービスとはくらべものになりませんがね。黒崎農機具では、三月末から甲信越地区の農協の役員連を東南アジア方面に連れて行くそうですよ」

「甲信越地区だと相当な人数になるだろう？」

「四十名ぐらいに絞《しぼ》るんじゃないですか。農協の顔役といったところをね。県の中央会じゃなくて、各町村単位の農協にすると言っていましたよ。黒崎農機具の専務はぼくの友人ですから聞いたんです。減反政策で農機具界の危機感も相当なものです。この際、県中央会の顔役じゃなくて、各地区の役員から選抜するというきめのこまかいサービス計画だと言っていました」

「どこもたいへんだな」

「たいへんですよ、商売人は」

二日ほどして課長が浅井に言った。

「浅井君、長野県の農協主催の講習会に講師で行ってくれませんか？」

「長野県ですか？」

浅井は、ぎくりとした。

「そう。県の中央会からも、全国中央会からも、現地の希望だといって申し込んできていますのでね」

長野県は、まったくしつこい。どうしてこんなに執拗《しつよう》なのか。浅井は腹が立った。

「長野県のどこですか？」

「南部です」

「…………」

「五日間ぐらい南部の各地区の講習会を回ってほしいのですよ。実は、これは局長のところに申し込んできているのです」

「局長に？」

「そうです。局長も農業政策の転換で、本省もできるだけ現地に協力しなければいけないという方針です。ご苦労でも、食品加工の行政に詳しいあなたに行ってもらいたいのですがね」

「ぼくを……現地では、とくに、ぼくを指定しているのですか？」

「とくにということではありませんがね。まあ、馴《な》れた人がいいだろうと言って、局長があなたに行ってもらえと言っているのですよ」

「局長がですか？」

「あなたは局長に申し出たそうじゃありませんか。去年の十二月に局長といっしょに長野県に行く予定だったのが、風邪をひいて行けなかったのは残念だった、今度はぜひ行きたいということを」

「あ、しかし、それは……」

行きたいからそう言ったのではない、行けなかったことに挨拶《あいさつ》しただけなのだ。局長は勘違いをしている。が、課長にはそこまで言えなかった。言わないでも課長のほうでつづけた。

「局長はね、あなたの申し出をよく覚えていましたよ」

「………」

「四月一日から五日間です。文書で正式な依頼がくるでしょう」

「長野県の南部というと、どの地区ですか？」

「伊那《いな》、高遠《たかとお》、飯田《いいだ》、富士見、茅野《ちの》地方です。五泊六日の出張になるでしょう」

浅井は拒否できなかった。前回のことがあった。それに局長のお声がかりというのである。

もう「急病」の手は使えなかった。二度と利かない逃亡策である。

やっぱり、あのとき局長にものを言うことはなかったのだ。先方はきれいに忘れていて、問題にもしていなかったのである。よけいな挨拶をしたとあのときも嫌な感じがしたが、予感は当たった。睡《ねむ》った子をわざわざゆり起こしたようなものである。

五泊六日間もかけて、あの狭い地区を回っていたら、必ずあの二人に遇《あ》う。農協という限定された講習会だ。また、講習会の席だけではない。夜は歓迎会とか慰労会とかいって宴会がある。地方の人はそういう場を愉《たの》しみにしてくるから、そこでも遇う。正面の席にすわらされて、入れかわり立ちかわり献酬にやってくる。木戸と春田が眼の前にすわる。田舎の人は酒が強く、宴席が長い。相手に思い出される時間はいくらでもある。

──あの二人さえいなかったらと浅井は思った。木戸と春田さえいなかったら安心なのだ。二人がじっとこっちを見つめていると思うと、そんな場所で講師になっても自由には振舞えない。絶えず危険におどおどしていなければならない。

あれほど避けよう避けようとしている場所に、ついにたぐり寄せられるとは、どういうことなのか。頭が変になってきた。

──しかし、このとき、浅井の耳に柳下から聞いた話が蘇《よみがえ》った。

黒崎農機具製作所では三月末から甲信越の農協関係者を東南アジア旅行に招待するという。それも各地区の農協本位にした「きめのこまかい」人選だということだった。

それなら、その招待者の中に木戸明治と春田次郎とがはいっているのではなかろうか。三月末からだと、ちょうど現地で講習会が開かれているときだ。顔を合わせなくて済む可能性がある。

浅井に一筋の希望が湧いた。なんとかして、早く黒崎農機具の招待者リストを見たいものである。三月末からの出発なら、名簿はもうできているであろう。

浅井は、北海道の温泉招待旅行からの戻りに東京に寄るはずの柳下を首を長くして待った。

19

柳下が北海道からの帰りに東京に寄って、役所の浅井に電話してきた。柳下ハムの東京出張所に浅井が連絡しておいたのだ。

「ただいま、帰りました」

柳下は、咳《せき》をして言った。

「やあ、お帰り。北海道はどうだったね？」

浅井は愛想よく言った。

「まだ、寒かったですわ。風邪ひきましてね。……あの、お電話をいただいたそうで？」

柳下の声はよけい嗄《しわが》れていた。

「いや、とくべつに用事というわけじゃないが、今夜、あんたと夕飯を食べたいのですがね、どうだろう？」

「結構です。なんなら、うちの社員とごいっしょしましょうか？」

「いやいや、二人だけで食べよう。少し、頼みたい用事もないわけではないから」

浅井はあわてて言った。

「そうでっか。わかりました」

柳下のほうで席を持つというのに、浅井は今度だけは自分のほうに来てくれといって、場所と時間とを指定した。

夕方六時に、まず新宿の喫茶店に落ち合った。柳下は咳をし、しきりと洟水《はなみず》を拭《ふ》いていた。

「北海道はまだ雪が残ってますな。登別《のぼりべつ》に行きましたが、温泉はあたたこうても、やっぱり湯冷めがしましたわ」

「どうして、そんな寒い北海道なんかに行ったの？」

「なにね、白浜《しらはま》とか熱海《あたみ》とかはありふれてますからね。寒うても遠い北海道がええやろと思って行ったわけですわ。お客さんも雪見の温泉はしゃれている言うてよろこんではりましたが、予想以上につめとうおました。その代わり、旅館はがらがらで、サービスはえろうよかったですな」

白浜や熱海では客がよろこばないので北海道行きになったようだが、季節はずれを狙ったのは、どうやら宿泊費を安く浮かす計算らしい。ハムやソーセージ会社の特約店優待はそんな程度で、黒崎農機具の東南アジア旅行招待とは桁《けた》が違うと、嗟嘆《さたん》した柳下の顔を、浅井はこのあいだ見たばかりであった。

コーヒーでは話も切り出せないので、浅井は近くの東北料理を看板にする店に柳下を誘った。腰掛けだが、カウンターは空《す》いていた。いちばん隅に席をとって酒としょっつる鍋を頼んだ。公務員が商人に奢《おご》るのはこのくらいだが、風邪をひいている柳下は熱い鍋汁を案外によろこんだ。

酒で雑談を交しながら、浅井は話の切り出しがすぐにはできなかった。肚《はら》では考えてきているのだが、話の内容がほかのことと違うので、それをいかに自然に見せるか、また寸分も怪しまれることがないように、なにごとにも気をつけなければならなかった。

かれこれ一時間近くがたった。柳下もそれとなく彼が電話で言った「少し頼みたい用事」のことを気にしているらしかった。あまり遅くなってもいけない。客が混んできたら、その話もできなくなる。

「なあ、柳下君、君は黒崎農機具製作所の専務をよく知っていると言ったね？」

浅井は雑談のつづきのような調子で言った。

「ああ、知ってます。あれ、ぼくの友人です。社長の奥さんの弟で、なかなかの切れ者です」

柳下はうなずいて盃《さかずき》を置いた。

「その人に言いにくいことだが、ちょっと頼んでもらいたいのだがね」

「何でっしゃろ？」

「いや、これは、ぼくもほかから頼まれたんだがね。仕事上で関係の深い人さ。ちょっと断われない相手でね。こういえば、だいたい君も察しがつくだろう？」

浅井は気を持たせた言い方をし、柳下に想像をつくらせた。

「へえ。わからんことはおまへんが……」

柳下は顎《あご》をひいて、

「浅井さんも古顔やさかい、各方面からいろいろと頼まれごとがおますやろな」

と言った。柳下はどうやらそれを浅井の上司か、有力な業者筋のように推察したらしかった。

「そういうことだよ。古顔というだけで、小役人は辛《つら》いよ」

「いえいえ、そんなことはおまへん。古顔というたのは、浅井さんが長いこと実力者でいやはるという意味だす。誤解されると困ります」

柳下は失言にあわてて言った。

「まあ、そんなことはどっちでもいい。とにかく義理が多すぎるよ」

浅井は気にしないばかりか、上機嫌に柳下に酒を注いでやった。

「お察しします。……へえ、どうも、おおきに。……で、それは、ぼくが何ぞ矢田《やだ》君に言うてやることだすか？　矢田君いうのが黒崎農機具の専務だす」

「ああ、そう。いや実はね、事情があって、ぼくが頼まれた先の名前は預かるけどね。とにかく、こういうことなんだな。……ええと、ほら、黒崎農機具では甲信越地方の農協の重立った者を東南アジアの旅行にこの三月末から招待するという話だったね。その顔ぶれはもうきまっているわけだろうが……」

「三月末なら、もうきまってまっしゃろな。渡航手続きなんかがおますからな」

「そうだろうねえ」

「そのことで、なんぞ……」

「うむ。実は、そのメンバーの中にね、ぼくに頼んだ人が言うには、長野県の組に木戸明治という人と、春田次郎という人とがはいっているかどうか、わからんだろうかというんだよ」

浅井は生唾《なまつば》を呑《の》みこむ思いで言った。

「そんなことは、わけはおまへん。矢田専務に問い合わせたら、すぐわかりまっさ。なんなら、今から電話して……」

柳下は腰を浮かしかけて時計を見た。

「あ、もう、あきまへんな。今日はもう帰《い》んでしもてまっさ」

「いや、そうすぐにということもないよ」

「そうですか。明日でもよろしおますか？」

「明日でもいいけど……そのついでに、もう一つ頼みたい。こっちのほうは、それほど簡単ではないがね」

「どないなことだす？」

浅井もすぐには言い出しかねて、盃のふちで唇を湿した。

「どうも、ぼくも頼まれて弱ってるんだが、いや、率直に言うとね。その東南アジアの招待団体旅行に長野県から木戸明治さんと春田次郎さんとが洩《も》れていたら、なんとか黒崎農機具に頼んで二人を追加してもらえないだろうか、というんだけど」

「追加ですか……」

とたんに柳下は咳をし、気の重い表情になった。浅井はそれを見てすかさず言った。

「もちろん、その人は、つまり、ぼくに頼んだ人は、二人ぶんの実費は出すというんだよ。黒崎農機具には迷惑をかけないと言ってる。ただ、その団体旅行に加えてもらえたら、ありがたいと言っている」

「金を出してもらえるなら、実現するかもしれませんね。けど、そりゃ、どういうことでっしゃろな。いえ、そのかたのお気持ちですわ」

「それはね。ぼくも訊《き》いてみたんだが、その人は二人を海外旅行に行かせてよろこばしてやりたいらしいな。何かそういう義理があるのかもしれんが、そのへんは、ぼくにもはっきりわからない。ところが、個人の旅行となると、たいそう旅費が高くつく。団体だと半分くらいになる。それに目をつけたらしいな」

「なるほど、そういうことでっか。そら、旅費は半分以下にもなるさかい、団体でやらせるのに越したことはおまへんわ」

柳下は関西人だけに、経済上のことにまず納得がいったらしかった。

「東南アジア旅行といっても、黒崎農機具の場合は、香港《ホンコン》、マカオ、台湾《たいわん》コースで六泊七日らしいね」

これは浅井が全国農協中央会に電話で問い合わせてわかっていた。電話では他人の名前で訊いている。三月三十一日に羽田を出発、四月六日夜羽田帰着だ。長野県には七日でないと戻れない。浅井が講師として出席する講習会は終了している。

「で、費用の点だが、一人が十七、八万円ぐらいで済むのじゃないか。二人で三十五、六万円だな。もし、黒崎農機具のほうで承知したら、その人はすぐにも金を黒崎農機具に手渡してほしいと言っているんだが」

「ちょ、ちょっと待ってください。そら、いっぺん矢田君のほうに訊いてみんことにはわかりませんが」

「そりゃ、そうだ」

「もし、木戸さんと春田さんという人が、その団体旅行のメンバーにはいってはるんやったら、その心配はおまへんわけだすな?」

「もちろん、そうだ」

もし、そのとおりだったら、どんなにいいだろうと浅井は思った。三十五、六万円は大金である。重大な危険を避けるためには、それこそ生命と引きかえのつもりであるから、思い切って出せる金である。追いつめられて、これ以外に破滅から脱《のが》れる方法がないと考えたから、四十万円近い金も銀行預金から減らして惜しくないと思ったのだ。この気持ちは無我夢中に近い。——しかし、あの二人がリストにはいっていれば、一文も出さずに済む。そう思うと、四十万円近くも吐き出す行為が、にわかにばかばかしいとも狂気の沙汰《さた》とも思われてきた。第一、あの二人を講習会の期間に追放するのに、こんな回りくどい方法をとる必要もないではないか。

「けど、浅井さん。黒崎農機具も甲信越地区の農協から選んでいるよってに、きつい人選でっしゃろな。それにはいる人は、相当な顔でっしゃろなあ」

柳下が言ったので、浅井の気持ちはふたたび前にひき戻された。車に乗せてくれた二人は、それほど農協の有力者ではなさそうである。ことに、あの春田次郎という若い男はどうみてもその選にはいりそうにない。やっぱり金は出さないといけないのか。せめて木戸明治がはいっているなら、金は半分で助かるのだが。

(あのとき、なぜ、あんな車に乗ったのか。あれに乗りさえしなかったら、こんな気苦労

はしなくてもよかったのに。いや、それよりも、あのときに、なぜあんな車があそこを通りかかったのか）

浅井は思わず指に力がはいって、盃《さかずき》をよっぽど割るところだった。神経が苛立《いらだ》っていた。

柳下は、とにかく明日にでも黒崎農機具の東京本社に行って矢田専務に聞き合わせ、もし長野県の木戸明治と春田次郎とが招待組になかったら、適当な口実を言って実費で参加させるよう頼んでみる、と言った。

「いいかね。この話は、絶対にぼくから出たということは内緒にしてもらいたいよ。そうしないと、ぼくの役所での立場から、よけいな誤解をうけるからね。その穿鑿《せんさく》が伸びると、ぼくにこれを頼んだ人まで迷惑するかもしれないからね。これは、くれぐれもお願いするよ。くどいようだがね、ほんとに頼むよ」

浅井が言うと、柳下は、咳《せき》といっしょに彼の肩を叩《たた》いた。

「わかりましたよ。浅井さんのむずかしい立場はね。ぼくも浅井さんにはお世話になってるし、今後もいろいろと面倒を見てもらわんことにはどもなりまへん。よろしゅおま。だれにも言いまへん。まあ、ぼくに任せておくんなはれ。矢田君はぼくの友人やさかい、たいていのことは聞いてくれますわ」

柳下はもうだいぶん酔っていた。浅井にはそれが気にならないことはなかった。

柳下から翌日の午後、電話がかかってきた。

「浅井さん。昨夜の件ですけど、向こうに行ってみたら、お話しのお二人は、やっぱりリストには載ってませんでした」

風邪が癒らないとみえ、柳下は鼻声を出した。

「え、やっぱりねえ……」

浅井は周囲に気がねして言ったが、僥倖《ぎょうこう》を期待していただけに、胸を棒で突かれたような衝撃はどうしようもなかった。

このうえは柳下に頼んだ成果だった。もう四十万円は五十万円でも惜しくはなかった。よそから借りてくる金ではない。自分の持っている金だ。こういう危機に備えて前から貯めていたような気がした。背中がにわかに熱くなった。柳下が矢田に交渉した結果を一秒でも早く知りたくなった。

「よろしか。ぼくから簡単に、用件だけ言いまっせ」

柳下は、浅井のまわりを察して言った。

「矢田君は、承知しましたよ」

「………」

浅井は声が出なかった。課長は席にいなかったが、すぐ横の主任や部下たちの耳をはばかったわけではなく、強すぎる安心からでもあった。

「矢田君は、もう、決定になってるけど、そういうわけなら、というたかて浅井さんの話を取り次いだわけやおまへん、ぼくが適当に口実をつくって言うたんですわ。それで、ぼくの頼むような事情《わけ》なら、その二人を追加しようと言うてました」

「それは、どうも、ありがとう」

「矢田君は長野県の各地区農協の名簿を調べました。木戸明治さんも春田次郎さんも富士見農協の組合員やということでした。それに間違いおまへんか？」

「そうです、そのとおりです」

浅井は額に汗が出るのを感じた。後頭部がずきずきした。

「じゃ、その手続きをしますよ。それからお金のほうは、ぼくがその場で立替えておきました。一人が約十八万円やそうですわ。約三十六万円、矢田君に渡しておきました。ついでに言いますけど、その立替金のお払いはいつでもよろしおます。また、こっちに来ますよってにな」

「しかし、それじゃア……」

「面倒くさいよってに、そういうことにしておきましょ。この次、お会いしたときで、よろしやおまへんか。ほかにお訊きになりたいことは？」

「いや、べつに……」

「あ、もう一度念のため言いますけど、浅井さんの名前は絶対に出しませんでしたから、その点は、安心してもらいます。あのお二人も周囲も黒崎農機具製作所からの招待や思うてはるでっしゃろ」

「…………」

「ほなら、これで失礼します」

鼻声のせいもあったが、浅井には柳下の声がいつもと違い、美しい余韻を引いて聞こえた。

その晩、浅井は久しぶりに気がしずまった。危機は去った。これで何の懸念もなく長野県の講習会に行ける。今度、義理立てしておけば、長野県には二度と行かなくとも済むかりに行ったとしても、十年先ぐらいになるだろう。というのは永久に行かないことなのだ。このあと長野県からの誘いを断わっても、だれも妙に思うものはない。

柳下が黒崎農機具に立替えてくれた三十六万円は、彼が次に上京して来しだい、耳を揃えて払うつもりだった。もしかすると、柳下は、もうそれはお返しにならんでもよろしと言うかもしれない。今後、浅井からの見返り利益を期待してそんなことを言いそうな男だった。浅井は、三十六万円も出すのが、またもやひどい損のように思われてきたが、いやいや、柳下がどう言おうとこの金だけは返さなければいけないと心に決めた。金のことは、きれいにしておかないと、あとでどんな事故が起こるかしれない。

一度は睡《ねむ》ったが、夜中にふいと眼がさめた。ひとり寝には馴《な》れていたから、そのためではない。このところ神経のせいか、睡っていても不安な想像が湧き起きて、ぱっと眼が開く。

——木戸明治と春田次郎とを海外旅行団体に追加したら、地元で、それはどういうわけだろうかと訝《いぶか》りはしないか。厳選された顔ぶれの中に、あとから加えられたのには何か事情がありはしないかと気を回すのではなかろうか。そうしてその推量の果てが、あの事件の夜、高原の県道で怪しい男を車に乗せたのがまさに両人だったことに到らないだろうか。

浅井は、しまった、と思った。それが地元民の話題になり、警察の活動を促さないとも限らない。いや、その可能性は十分にありそうだ。

いい考えだと思ったのに、何と迂闊《うかつ》なことをしたものか。講習会の間、あの二人をどこかにやってしまうことだけで頭がいっぱいになり、地元の反応のことまでは気がつかなかった。浅井は胸が苦しくなって蒲団《ふとん》の上に起き上がった。

(夜が明けたら、柳下に電話して取り消そうか。今からだったら、先方に通知がいく前だから、まだ間に合うかしれない)

そうしようと一度は思った。が、すぐにそれがさらに危険を呼ぶことを知った。

(頼んだり、取り消したり、柳下も黒崎農機具もいったい何だと思うだろう。もともと依頼からして理由がはっきりしないのに、そんなことをすれば疑惑を招きそうだ)

浅井は、じっとすわっていられなくなった。頭がどうかなりそうである。

杞憂《きゆう》に終わる、案ずるより産むが易《やす》い、という言葉が適切に嵌《はま》ったのが、浅井恒雄からみたその後の状況だった。

20

木戸明治と春田次郎とは、黒崎農機具製作所の東南アジア招待団に首尾よく選ばれて、三月三十一日に羽田を出発することがはっきり決まった。この報《し》らせは神戸の柳下から手紙で来た。

（矢田専務の配慮で、追加というかたちを表面はとっていないので、当人の出身地の周囲はもとより参加者たちも最初からの人選だと思っていますから、きわめて自然に運びました）

手紙で柳下は書いた。

浅井はひとまず安心した。これなら誰も木戸と春田とが「特別」に選ばれたと考える者はなさそうである。かねての懸念は、その「特別」の意味が周囲に注意を呼び、それが八ケ岳の麓《ふもと》で起こった殺人事件の夜に、県道から不審の男を車に拾った両人だったという因縁に結合するにあった。両人の招待旅行が追加ではなく、当初からのメンバーだったという体裁なら、注意を喚起することはないし、したがって怪訝《けげん》に思う者もない。

よけいな工作をしなくてよかった、と浅井は思った。両人の参加を依頼したのにすぐ取り消したのでは、それこそ柳下や黒崎農機具の矢田に疑惑を起こさせる。こっちの意図を穿鑿《せんさく》させる結果になる。危険を心配するあまり、かえって危険を呼ぶところだった。

ぼくはよほど神経衰弱が昂《こう》じているわい、と浅井は思った。不必要な心配を次から次にしている。そのため、この柳下からの手紙がくるまでの四、五日はろくに睡《ねむ》れなかった。うとうととすると急に動悸《どうき》が激しくなってきて、がばとはね起きたものだ。蒲団の上にすわり直しても心臓のどきどきがおさまらず、暗い中で不安におびえた。破滅的な材料ばかりが頭の中に湧いて、思わず何か叫びたい衝動に駆られる。——これは完全にノイローゼの徴候であった。

懸念が去ったいま、この神経の衰弱は警戒しなければならない。心配の種子はなくなったとはいえ、ノイローゼ症状が急に消えるとは思えない。脳髄の襞《ひだ》の間にその残りがひそんでいそうである。これが何かのときにとび出して、非常識な言動になって顕《あら》われないとも限らない。そうなったら、一大事である。気をつけなければいけない。慎重にかまえることである。そのうえで、のんびりとしよう。気を楽にもつことだ。

四月一日から五日間、浅井は長野県の南部を回った。どこの講習会も盛況だった。

危険な種子は、香港やマカオや台湾に飛んで行っている。だれに遇《あ》おうと心配はなかった。浅井は、どこでも講師として思うようにしゃべり、自由に振舞った。これが開放感というのであろう。ノイローゼも癒《なお》る。

茅野《ちの》の農協を回り、富士見の農協に行った。八ヶ岳はすぐ前に見える。あの夜と違い、これは昼間だったから、尾根の流れや山襞のたたずまいが詳細に見えた。山は早春というよりもまだ冬の終わりにある。頂上にはまだ雪が残っているようだ。中腹や山麓《さんろく》は褐色を帯びている。

闇の中に黒い集塊の障壁となって威圧していた山は、昼間の光にみすぼらしい枯山の姿を露呈していた。

久保孝之助の死体が横たわっていたのはどのへんだったろうか。あそこに森が見える。谷あいが開いているところだ。川があるらしい。新聞で現場が川のそばだというのをあとで知ったが、その森のかたちにはぼんやりと見おぼえがある。違うかもしれないが、黒い塊《マス》として見たときの過去の印象に合致する。

浅井は会場の農協会議室の窓からその地点を眺める。恐ろしくはない。相手は死んでいる。三つの石に囲まれて顔を血だらけにしていた。闇の中で石はほの白く浮かび、顔は黒くつぶれて見えなくなっていた。

——久保孝之助の亡霊よ。出るなら出てみろ。

浅井は遠い一点を凝視して心に叫ぶ。亡霊など少しも怕《こわ》くはない。たとえば、自殺した女房の場所をわざと睨《にら》みつける罪つくりな亭主の痩《や》せ我慢の種類とは違うのだ。死んだ奴には何の恐怖も感じない。第一あいつを殺す意志はなかったのだ。ああなったのは、もののはずみである。それも相手がそのように持ってきたのだから、殺された責任は当人にある。怖れる道理があろうか。

おい、なぜ、そんなに山のほうばかり見つめているのだ、と浅井は、自分の姿に気づいて叱った。ほかの者が奇妙に思うではないか。いい加減にやめろ。山なんかもっと無視することだ。平気でいていいのだ。不安は何もない。眼を山から離せ。

――こんな格好になったり、それを気にしたりするのは、まだノイローゼが残っているせいかもしれない。用心、用心。とんでもないことを思わず口走る発作になってもいけない。気分を楽にして、自然に行動することである。心配するような要素は何もないではないか。落ち着け。

彼が講習会で回っている間、東南アジアの招待旅行のことはどこでも話題にもならなかった。近ごろの農協は海外旅行など珍しくもないようである。日本人の海外旅行者が行く先々で遇うのがノーキョウの団体だというので、世間で評判がよくない。悪口は別として、それほど農協関係の外国旅行が頻繁なら、香港、台湾など、土地ではさして珍しくもないにちがいない。

何も気に病むことはなかった。その団体旅行に、木戸明治や春田次郎が加わろうと加わるまいと、地元ではまったく無関心だったのである。黒崎農機具の団体旅行そのものが話題になっていない以上、だれがそれに参加していようと口の端《は》にものぼらなかった。

浅井は、まことに快適な講習旅行を済ませて四月六日に帰京した。

「ご苦労さまでした」

課長は浅井をねぎらった。

「どこもたいへん好評だったそうで、結構でした。長野県農協中央会の会長から電話でお礼を言われました。どうも、ありがとう」

――これで義理は済んだ。長野県からもう一度と言ってきても、あとは平気で断われる。拒絶したところで、もう誰も変に思う者はいない。今後十年ぐらいあそこには行かないつもりだ。

黒崎農機具の招待旅行団は、今夜羽田に帰着、明日長野県に帰って行くはずである。ちょうど、こっちと入れ違いである。予定ではそうなっていた。

その予定に間違いはなかった。三日ほどして柳下が上京してきたとき、浅井にそう伝えた。

「浅井さん。黒崎農機具の招待海外旅行団は四月七日に無事に長野県に帰りよりました」

役所の近くの喫茶店でテーブルをはさんだとき、柳下は言った。

「その節は、どうもありがとう」

浅井は、木戸明治と春田次郎とを加えてもらった礼を述べた。ただし、もうその名前は表むきにはあまり出したくなかった。

「専務の矢田君がぼくの頼みを快く聞いてくれたんで、万事が好都合にゆきました。それに、手紙に書いたように、追加ということを上手にごまかしてもらいましたさかい、だれにもわからずじまいでしたわ」

浅井は頭をさげた。

「どうも、どうも」

「ただし、追加ということやなくて、補欠ということにした。これはご本人二人には言うてあるそうだす」

「補欠？」

「いちおうメンバーのリストが決まったあとやさかい、そういうことにせんとあかなんだそうだす。そやけど、ほかの同行者にはわからんようにしてありまっす」

地元でもそうだったのだろう。講習会で回ってみたが、両人の話は全然出なかった。要するに、彼らのことが他の注意を惹《ひ》かなければいいのである。

「ぼくも頼まれ甲斐《がい》があった。その人もたいそうよろこんでいたよ」

浅井は、どこまでも自分がその依頼の仲介人ということにしておかなければならなかった。

「それでね、その人から木戸君と春田君の実費を預かっているんだが、全部でいくらかね？」

「いや、それは、もう、よろしわ」

柳下は手を振った。

「君にその立替えてもらったぶんを払うよ」

「まあ、それは、いつでもよろしやおまへんか」

「そうはいかん。ぼくが払うよ。……いや、ぼくが払うんじゃなくて、その頼まれた人から預かっている金だからね」

もしかすると、柳下が二人ぶんの旅費を全部受け持ってくれるつもりではないかと浅井は思った。口吻《くちぶり》から察すると、そのようにもとれる。柳下も商売人だ。今後の役所からの便宜供与を期待して、ここは損してとく取れと考えているのだろう。

二人ぶんの旅費だと三十五万六千円要する。これを全額柳下が負担してくれると、ずいぶん助かる。危険を感じている最中は、たとえ五十万円でも百万円でも出して惜しくなかったが、危険の去った今は、そんな大金を赤の他人のために支払うのがばかばかしくなってきた。——前には、そんな気持ちが起こったのを自分で戒めたものだが、あれはまだ不安のさなかだった。現在は、その危惧《きぐ》が過ぎている。こうなると、まったくの浪費になる。

「そうでっか」

柳下は、ちょっと首を傾げて言った。

「浅井さんが、そないに言やはるなら、ほなら、半分だけいただきましょうか?」

「半分？」

「つまり、一人前の旅費だす。十七万八千円だす」

柳下は全額出すとは言わなかった。浅井は、柳下のやつ、やっぱり商売人だと思ったが、こっちからあんまり金を出す出すと主張したせいかもしれない。もう少し知らぬ顔をしておけばよかったと考えたが、もう引っ込みは、つかなかった。——それに、この金は自分が出すのではなく依頼者から預かっている体裁になっているのだ。

「それで、いいかね？」

浅井は上着のポケットから用意の封筒を出して、こっそりと一万円札の耳をかぞえた。

「結構だす。まあ、浅井さんからなら金をもらわんかてよろしけど、人さまから預かってはるのんやったら、ほなら、半分だけ頂戴《ちょうだい》しますわ」

あんさんが預かってはるあとの半分の金は、あんさんがええように小遣いに使ったらよろしがな、と柳下の笑顔は言っているようであった。

浅井は一万円札一七枚を柳下に渡したが、五千円札もなく、千円札も足りなかった。で、もう一枚一万円札を出すと、

「さあ、ぼくもお釣りがおまへんな。まあ、それはよろし。十七万円だけもらっておきまっさ」

と、柳下は一枚を押し返した。

「けど、それじゃ、君……」

「まあまあ、水くさい。浅井さん、一枚ぐらい、どうでもよろしがな」

木戸明治と春田次郎とは、自分たちが「補欠」として黒崎農機具製作所の東南アジア招待旅行に参加させてもらったのをひどくありがたがっていた。木戸は、富士見農協の実力役員でも何でもなく、単に評議員として名前を連ねているだけであった。春田次郎にいたっては農協の購買部の若い事務員にすぎなかった。それが、たとえ「補欠」とはいえ、他地区の農協の顔役連の中にはいって海外旅行をさせてもらったのだから感激した。と同時に、この不均合《ふつりあい》に当人たちが少しく疑問を生じた。

といってその疑問が犯罪性に結びつくというようなものでなかった。それどころか、この「特典」について格別な配慮をしてくれた人がいたら、お礼を言いたいという義理固さから、事実を知りたいと望んでいた。

木戸は春田と話し合って、長野県に戻ってから黒崎農機具製作所の専務宛てに手紙を出してこのことを問い合わせた。専務宛てにしたのは、旅行団の出発を羽田に見送った重役のいちばん偉いのが専務だったからである。係員はこの手紙を専務に回した。

矢田専務は、その返事に二人を参加させたのは神戸の柳下ハムの社長で、負担金もそこから出ていると明かした。専務の気持ちとしては、旅費は会社が負担したのではないので、柳下の好意であることを当人たちに教える義務を感じたのである。会社側としては二人から全面的に感謝されるのを面映《おもは》ゆく思ったのである。

木戸と春田とは律義な人間だった。二人はわざわざ神戸まで出むき、柳下ハムの社長に面会して好意に対する礼を述べた。そのとき、香港で買った土産物の一部を礼心にさし出した。もっとも二人には、縁もゆかりもない柳下社長がどうして自分たちのために海外観光の旅費を出してくれたのか、よく呑《の》みこめなかった。

柳下は、二人に頭を膝《ひざ》の下まで下げられて当惑した。旅費は、柳下が全部を負担したのではない、それは半分である。いわば、この二人のうちどちらかの一人分であった。あとの一人分は浅井が出している。二人分の礼を言われるのは心苦しかった。

そこで柳下は、「ぼくの名前を絶対に出してもらっては困る。ぼくもある人に頼まれたのだからね」という浅井の念押しを破って、農林省の浅井恒雄という課長補佐の名を木戸と春田に打ち明けた。浅井との誓約を破ったからといって柳下を非難することはできない。柳下は、二人の感動的な感謝を自分ひとりが受け取ることに心苦しくなったのである。

「けど、あんたらは浅井さんに何もお礼を言わんかてよろしします。浅井さんもほかの人に頼まれたということやし、自分は表に出とうないと言うてはりましたからな。ぼくから浅井さんにあんたがたの気持ちはええように伝えておきます」

柳下は言った。しかし、木戸と春田とはどこまでも義理固い人間だった。相手が農林省の課長補佐と聞けば、なおさらである。二人は長野県に帰る途中、名古屋には降りないで、東京に直行した。

二人は霞ケ関《かすみがせき》の農林省に行き、受付に名刺を出して、浅井課長補佐に面会を求めた。午後三時ごろであった。しばらく待たされたあと、浅井課長補佐は多忙のため面会できない旨を受付は二人に伝えた。

だが、二人はあくまでも律義であった。置き手紙などで感謝の意を述べるのは失礼だと考え、浅井が退庁時間に出てくるまで受付の横で待つことにした。田舎の人は辛抱強い。浅井もそこまでは気づかなかったらしく、二人はとっくに帰ったものと思ったようだった。その証拠に、浅井は役所の裏口から逃げ出すようなこともなく、退庁時間の五時を四十分ばかり過ぎたころ、ほかの人たちといっしょに正面玄関に出てきた。

受付の係りは、長いこと待っている木戸と春田を気の毒に思っていたから、人ごみの中にいる浅井の姿を彼らに教えた。二人は浅井に近づこうとしたが、中から出てくる人が多いのですぐには傍に寄れず、まごまごしているうちに、浅井の姿は外に出た。二人はすぐあとを追った。

「浅井さん、浅井さん」

最初に後ろから声をかけたのが木戸明治であった。浅井はぎょっとしたようにふりむいた。

木戸は怕《こわ》い顔をして突っ立っている浅井の前にすすんだ。春田次郎も木戸の後ろに従った。二人はいっしょに頭を下げた。

「浅井課長補佐さんでいらっしゃいますね。わたしは、長野県の富士見農協の木戸明治でございます。これは同じく春田次郎でございます。受付を通して名刺をさし上げておきましたが、お忙しいということなので、今までお待ちしていました。ぜひお目にかかりたいと思いまして……」

この木戸の挨拶《あいさつ》の途中で信じがたいことが起こった。浅井が、暴漢にでも襲われたように、何やら奇妙な声を出すと、突然走り出したのである。手提鞄《かばん》も振り落としそうなくらいに身体を前に傾け、歩道を一目散に駆けていた。

二人は、あっけにとられてその後ろを見送った。いったい、どうしたというのか。何がはじまったというのか。

わけがわからなかったが、とにかく浅井が何か誤解しているらしいことは二人にぼんやりとわかった。そこで、ともかく木戸と春田とは浅井のあとを追った。

「浅井さん、浅井さん。ちょっと、待ってください」

走りながら木戸が声をかけた。

浅井はとまるどころか、その声でますます脚が早くなった。時間が時間なので、ほかの官庁から出た人群れも歩いていて、こっちをふりむく人間もいた。四月半ばの六時ごろというと、あたりはうす暗くなりかけている。おびただしい車のヘッドライトの光が、歩道を走る浅井の後ろ姿を白く照らした。

追跡をあきらめた二人は、立ち止まり、狂気じみた浅井の逃走を眺めていた。

車のヘッドライトに映し出されているその姿——同じような場面に二人の記憶があった。減反割当ての談合から車で帰る夜、八ヶ岳山麓《さんろく》の県道でヘッドライトに映し出された男の、足早に歩いている後ろ姿だった。やや猫背の具合など、そっくりではないか。

「まさか、あの課長補佐が……」

富士見に帰る列車の中で、木戸と春田は半信半疑で話し合った。

この噂がひろまり、警察が動いた。殺人事件の行なわれた去年の十月二十五日の夜、すなわちその月の最終土曜日の晩、浅井恒雄はどこにいたのか、そのアリバイの有無を本人に訊《き》くため捜査員が東京に向かった。硫酸を入れたヘア・オイルの瓶に指紋が残ってないなど、たとえ物的証拠を欠くとしても、アリバイの追及からことは決する。刑事の日常的な経験にそれがあった。

解説

小松伸六

来日したギリシャ国立劇場公演、ソポクレスの悲劇「オイディプス王」をNHKテレビ(昭和四十九年十一月四日夜)でみた。さいごに父を殺し母を妻としていることを知ったオイディプス王が、自分の目をくりぬき盲目となって二人の娘をだきしめ、なげく最後の場面でコロス(合唱団)が「おお、わがテーバイのくに人よ、見よ、これこそオイディプス/名高きかの謎を知り、勢い並ぶ者とてなく、その仕合せはまち人の皆うらやみしところ/されど見よ、今や、なんたる不運の波におそわれしかを。/されば、最後の日がくるまでは、人を幸ある者とよぶなかれ」という意味のことをうたっていた。ちょうど松本作品を読んだあとで見たので、痛切にうったえてくるものがあった。人間というものは、松本作品の主人公ではないが、いつ不運の波におそわれるかもしれない。最後の日がくるまで、幸ある者とよぶことはできないことを感じたからである。この作品は、平凡な下級官吏だが、少なくとも不幸でなかった浅井恒雄が、妻の死から思わぬ不運の波におそわれ、ある意味で被害者となり、その後、不意の惨劇から、一転して加害者になってしまうような、運命のはざまに落ちこんでしまう。私たちでも、いつそんな外側からみたら痴愚まるだしの人間になるかも知れないのだ。疑う方は、女とあるいは男と密会しているうちに相手が死んでしまう、そしてそれがバクロされたら世間的にほうむられてしまうというスキャンダラスな例を、数多く、私たちはみていることを思い出してほしい。

したがってそういう事件がおこる「聞かなかった場所」は、たんなる絵空事ではなく、また判じものの絵とき小説ではない。かんたんに言えば前半は、リアリティ濃厚な追跡小説だとおもう。後半、惨劇がおわり、加害者となってからの主人公の周囲には、私にはちょっと納得できないところがあるのだが、しかし自分のかけたワナのなかに自ら入り、長野県の農協役員の誠実さによって見破られてしまうところは、やはり面白いとおもう。

話はそれるのだが、ギリシャ悲劇の最高傑作といわれる、ソポクレスの「オイディプス王」は、推理小説の成立史では、まっ先にとりあげられ、オイディプス伝説は、探偵小説の原型だという文学史家が多いのである。オイディプスは、神託により子を設けてはいけないという掟《おきて》に反して、テーバイ王ライオスによって生まれた子供である。王によって足に孔《あな》をあけられ、そのため両足は腫《は》れあがり、ために「腫れた足」＝オイディプスとよばれ、山中にすてられた。その後、オイディプスはライオス王を父とは知らずして殺してしまう。そして放浪の旅をつづけるうちにオイディプスは、道行く人にナゾをかけて、それを解けない者をとって食っている怪物スフィンクスに出会い、そのナゾを解いてしまう。

スフィンクスは岩から投身自殺、オイディプス王はその功績により、ライオス王の妻、つまり彼の母イオカステとは知らず妃《きさき》としてしまう。くわしいことは省略するが、ライオス殺害者が探索され、オイディプスは、父を殺し、母の夫になった事実を知り、イオカステは死に、彼は自らの目をくりぬくのである。この作品ははじめから犯罪のにおいがたちこめ、スフィンクスをめぐるナゾとき、しかもその背後にあるのが、母にして妻という極醜の近親相姦《そうかん》ものだ。私たち現代の人間には考えられぬ〈世界以前〉、〈光〉以前の、呪われたる闇黒の世界である。もちろん松本作品には、「神託」などという便利なものはなく、あくまで人間的であり、ナゾときも地味な推理と明察との同時喚起によっておこなわれてゆく。

「聞かなかった場所」は「黒の図説」シリーズの第七話にあたる。「週刊朝日」に昭和45年12月18日号より、昭和46年4月30日号まで連載された作品である。主人公の浅井恒雄は農林省食糧課の係長。苦学しながら私立大学をやっと出ている下級公務員なので、キャリア（有資格者）という名でよばれ、エリートコースにのって出世する東大出の官僚とはちがって、浅井は課長どまりで定年。しかし彼は実務のエキスパートとして役所でも業者たちからも頼られる存在である。公務員が業者たちから頼られることで、よく汚職事件がおこるのだが、ここでは〈汚職〉でなく、彼が実力あるエキスパートであることによって、どうしても彼の話をききたいという長野県の農協役員の律義さから、彼の仮面が剝奪《はくだつ》される。このイロニイ（皮肉）はよくきいているし、浅井がなんとかして長野県への出張をのがれようとする不安な心理や恐怖感は、リアルに描かれている。彼は忙しいとして、またカゼと称して長野出張に白石局長に随行しないのだが、かさなる義理のため長野へ講習旅行に出かけることになる。その間、浅井の仮面のうしろにある素顔を知っているかもしれない二人の農協役員は、浅井のさしがねで黒崎農機具の東南アジア招待に出かけている。きびしい目でみれば、これも一種の汚職だが、背後には殺人事件ということがあるので鋭く告発されているわけではない。私はこの作品を読みすすめている途中、農協役員二人も消され、連続殺人事件が展開されるのではないかと思ったりしたが、私の妄想だった。局長にたいする浅井の考え方には、下級官僚のもつみじめさ、やるせなさ、そしてずるさなどが仮託されている。なお松本氏には官僚機構の内幕にメスをいれている名著「現代官僚論」があり、田中首相の疑惑にふれたものに「大蔵官僚論」がある。

この小説の発端は、浅井が出張中の神戸で、妻の英子が外出中、心臓麻痺《まひ》をおこして死んだという電話がかかるところからはじまる。英子の死は自然死のようだが、英子がなぜ、代々木山谷（東京）のような浅井家とは関係のないようなところで死んだかという疑問が、浅井恒雄におこる。義妹とともに英子が死んだという代々木の化粧品店、高橋千代子の家にお礼に行ったとき、そのあたりにラブ・ホテル（特殊旅館）があることを知り、また英子が、句会があるといって、昼間、よく外出していたことを思い出し、誰かと密会し、ラブ・ホテルで性行為中、ショック死したのではないかと妄想する。英子と自分との夫婦関係があまりにも淡白であったことも、今となってはおかしいと、浅井は考える。彼は英子の写真をもって、妻に逃げられた夫としてラブ・ホテルにゆき、女中さんに写真をみせてきき歩く。しかしそんな客はいなかったと言う答がかえってくるなかで、ホテル「みどり荘」の女中が、この人なら高橋千代子の店の近くの坂道で遇《あ》ったという証言だけは得る。半年後、ふたたび、そのあたりへ行くと、千代子が「ホテル・千代」の経営者となり、隣りに住んでいた久保孝之助が土地を提供していることに、浅井は大きな疑惑を抱く。

興信所に調べさすと千代子は三十六歳の離婚体験者。久保孝之助の妻は胸部疾患で長野県の高原療養所で療養生活をおくり、久保はひとりで生活していること、興信所により、やっとさがし出してもらった久保家出入りの派出家政婦からきくと、英子が死んだ日に、震度のつよい地震があったことや、久保の家で小火があったこと、久保の趣味が郷土玩具の蒐集《しゅうしゅう》であったことなどを浅井は知る。英子の俳句に、久保の蒐集品をうたったとおもわれる二句があったことから、英子は久保の家で密会中、部屋の火事でショックをおこし心筋梗塞《しんきんこうそく》をおこし、世間体をはじた久保は、その死体を隣りの高橋千代子の家にはこんだという仮定的設問をする、しかし、それは執拗《しつよう》なる浅井恒雄の明察でもあったのだ。浅井の、犯行痕跡《こんせき》の再構成、そして事実の発掘作業がつづき、久保の〈光をはばかる〉偽装があばかれる。浅井は〝英子をそれほど愛してはいなかったが、冷淡だった英子の原因が久保にあったとわかっては、裏切った妻への憤りとともに、その相手の男久保に対しては、妻のための報復もあるが、何よりも自分自身の報復心がわいてきた〟と作者は、異常なものへの可能性を語る。

浅井は復讐《ふくしゅう》の鬼になるのだが、私は後半よりも妻の死の原因、つまり事実の未知性を、手さぐりで捜査し、その容疑者を発見するまでが、後半の血の処罰と心理的逃亡行よりも面白いとおもった。とくに久保の家の中で英子がみたものを句にした俳句から浅井が推理したり、地震をうまく使っているのにも感心した。シェイクスピア「ロミオとジュリエット」の一幕三場（キャピュレット家の一室）の、乳母のセリフに地震があって十一年目と言葉があるところから、めったに地震のない英国のことだから、逆にこの悲劇が執筆された年代を推定した学者があったことなどを、私は思い出した。これも余計なことだが、古代史にくわしい松本氏は学者としても立派に通る人なのである。

浅井は久保孝之助を追って長野県富士見町の高原療養所へ行く。作者の地誌学的組みこみのうまさには定評がある。再び緊張をよびおこす不気味なものがはじまる。コキュ（妻を寝とられた男）浅井の久保にたいする怒りと謝罪要求は当然だが、久保はそれを脅迫とみて、逆に〝本省の係長が女房の浮気をタネにして脅迫を働く。それでは美人局《つつもたせ》と変らぬ〃と居直る。浅井は思わず〈目には目、歯には歯〉の私的な報復を行ってしまう。血讐の執行者となった浅井は、被害者から加害者となる。遺恨犯罪であり、応報の悲劇である。怨念、復讐をテーマにした松本作品には「霧の旗」「喪失の儀礼」などがある。追う身から追われる身になった浅井の仮面は、農協役員の誠実さによって剝奪され、復讐のドラマはおわる。

（昭和五十年一月）

本書は昭和五十年一月に小社より文庫本として
刊行したものを復刊いたしました。

聞《き》かなかった場所《ばしょ》

松本清張《まつもとせいちょう》

昭和50年 1月10日　初版発行
平成16年 10月25日　改版初版発行
令和7年 7月30日　改版19版発行

発行者●山下直久

発行●株式会社KADOKAWA
〒102-8177　東京都千代田区富士見2-13-3
電話　0570-002-301（ナビダイヤル）

角川文庫 1 3545

印刷所●株式会社KADOKAWA
製本所●株式会社KADOKAWA

表紙画●和田三造

ISBN978-4-04-122757-2　C0193

角川文庫発刊に際して

角川源義

第二次世界大戦の敗北は、軍事力の敗北であった以上に、私たちの若い文化力の敗退であった。私たちの文化が戦争に対して如何に無力であり、単なるあだ花に過ぎなかったかを、私たちは身を以て体験し痛感した。西洋近代文化の摂取にとって、明治以後八十年の歳月は決して短かすぎたとは言えない。にもかかわらず、近代文化の伝統を確立し、自由な批判と柔軟な良識に富む文化層として自らを形成することに私たちは失敗して来た。そしてこれは、各層への文化の普及滲透を任務とする出版人の責任でもあった。

一九四五年以来、私たちは再び振出しに戻り、第一歩から踏み出すことを余儀なくされた。これは大きな不幸ではあるが、反面、これまでの混沌・未熟・歪曲の中にあった我が国の文化に秩序と確たる基礎を齎らすためには絶好の機会でもある。角川書店は、このような祖国の文化的危機にあたり、微力をも顧みず再建の礎石たるべき抱負と決意とをもって出発したが、ここに創立以来の念願を果すべく角川文庫を発刊する。これまで刊行されたあらゆる全集叢書文庫類の長所と短所とを検討し、古今東西の不朽の典籍を、良心的編集のもとに、廉価に、そして書架にふさわしい美本として、多くのひとびとに提供しようとする。しかし私たちは徒らに百科全書的な知識のジレッタントを作ることを目的とせず、あくまで祖国の文化に秩序と再建への道を示し、この文庫を角川書店の栄ある事業として、今後永久に継続発展せしめ、学芸と教養との殿堂として大成せんことを期したい。多くの読書子の愛情ある忠言と支持とによって、この希望と抱負とを完遂せしめられんことを願う。

一九四九年五月三日

角川文庫ベストセラー

顔・白い闇　松本清張

有名になる幸運は破滅への道でもあった。役者が抱える過去の秘密を描く「顔」、出張先から戻らぬ夫の思いがけない裏切り話に潜む罠を描く「白い闇」の他、「張込み」「声」「地方紙を買う女」の計5編を収録。

小説帝銀事件　新装版　松本清張

占領下の昭和23年1月26日、豊島区の帝国銀行で発生した毒殺強盗事件。捜査本部は旧軍関係者を疑うが、画家・平沢貞通に自白だけで死刑判決が下る。昭和史の闇に挑んだ清張史観の出発点となった記念碑的名作。

山峡の章　松本清張

昌子は九州旅行で知り合ったエリート官僚の堀沢と結婚したが、平穏で空虚な日々ののちに妹伶子と夫の失踪が起こる。死体で発見された二人は果たして不倫だったのか。若手官僚の死の謎に秘められた国際的陰謀。

水の炎　松本清張

東都相互銀行の若手常務で野心家の夫、塩川弘治との結婚生活に心満たされぬ信子は、独身助教授の浅野を知る。彼女の知的美しさに心惹かれ、愛を告白する浅野。美しい人妻の心の遍歴を描く長編サスペンス。

死の発送　新装版　松本清張

東北本線・五百川駅近くで死体入りトランクが発見された。被害者は東京の三流新聞編集長・山崎。しかし東京・田端駅からトランクを発送したのも山崎自身だった。競馬界を舞台に描く巨匠の本格長編推理小説。

角川文庫ベストセラー

失踪の果て　松本清張

中年の大学教授が大学からの帰途に失踪し、赤坂のマンションの一室で首吊り死体で発見された。自殺か他殺か。表題作の他、「額と歯」「やさしい地方」「繁盛するメス」「春田氏の講演」「速記録」の計6編。

紅い白描　松本清張

美大を卒業したばかりの葉子は、憧れの葛山デザイン研究所に入所する。だが不可解な葛山の言動から、彼の作品のオリジナリティに疑惑をもつ。一流デザイナーの恍惚と苦悩を華やかな業界を背景に描くサスペンス。

黒い空　松本清張

辣腕事業家の山内定子が始めた結婚式場は大繁盛だった。しかし経営をまかされていた小心者の婿養子・善朗はある日、口論から激情して妻定子を殺してしまう。河越の古戦場に埋れた長年の怨念を重ねた長編推理。

数の風景　松本清張

土木設計士の板垣は、石見銀山へ向かう途中、計算狂の美女を見かける。投宿先にはその美女と、多額の負債を抱え逃避行中の谷原がいた。谷原は一攫千金の事業を思いつき実行に移す。長編サスペンス・ミステリ。

犯罪の回送　松本清張

北海道北浦市の市長春田が東京で、次いで、その政敵早川議員が地元で、それぞれ死体で発見された。地域開発計画を契機に、それぞれの愛憎が北海道・東京間を行き交う。鮮やかなトリックを駆使した長編推理小説。

角川文庫ベストセラー

夜の足音 短篇時代小説選　松本清張

無宿人の竜助は、岡っ引きの粂吉から奇妙な仕事を持ちかけられる。離縁になった若妻の夜の相手をしろという。表題作の他、「噂始末」「三人の留守居役」「破談変異」「廃物」「背伸び」の、時代小説計6編。

蔵の中 短篇時代小説選　松本清張

備前屋の主人、庄兵衛は、娘婿への相続を発表し、仕合せの中にいた。ところがその夜、店の蔵で雇人が殺される。表題作の他、「酒井の刃傷」「西蓮寺の参詣人」「七種粥」「大黒屋」の、時代小説計5編。

松本清張の日本史探訪　松本清張

独自の史眼を持つ、社会派推理小説の巨星が、日本史の空白の真相をめぐって作家や碩学と大いに語る。日本の黎明期の謎に挑み、時の権力者の政治手腕を問う。聖徳太子、豊臣秀吉など13のテーマを収録。

司馬遼太郎の日本史探訪　司馬遼太郎

歴史の転換期に直面して彼らは何を考えたのか。動乱の世の名将、維新の立役者、いち早く海を渡った人物など、源義経、織田信長ら時代を駆け抜けた男たちの夢と野心を、司馬遼太郎が解き明かす。

新選組血風録 新装版　司馬遼太郎

勤王佐幕の血なまぐさい抗争に明け暮れる維新前夜の京洛に、その治安維持を任務として組織された新選組。騒乱の世を、それぞれの夢と野心を抱いて白刃とともに生きた男たちを鮮烈に描く。司馬文学の代表作。

角川文庫ベストセラー

北斗の人 新装版　司馬遼太郎

剣客にふさわしからぬ含羞と繊細さをもった少年は、北斗七星に誓いを立て、剣術を学ぶため江戸に出るが、なお独自の剣の道を究めるべく廻国修行に旅立つ。北辰一刀流を開いた千葉周作の青年期を爽やかに描く。

豊臣家の人々 新装版　司馬遼太郎

貧農の家に生まれ、関白にまで昇りつめた豊臣秀吉の奇蹟は、彼の縁者たちを異常な運命に巻き込んだ。平凡な彼らに与えられた非凡な栄達は、凋落の予兆となる悲劇をもたらす。豊臣衰亡を浮き彫りにする連作長編。

尻啖え孫市（上）（下） 新装版　司馬遼太郎

織田信長の岐阜城下にふらりと現れた男。真っ赤な袖無羽織に二尺の大鉄扇、日本一と書いた旗を従者に持たせたその男こそ紀州雑賀党の若き頭目、雑賀孫市。無類の女好きの彼が信長の妹を見初めて……痛快長編。

殺人の門　東野圭吾

あいつを殺したい。奴のせいで、私の人生はいつも狂わされてきた。でも、私には殺すことができない。殺人者になるために、私には一体何が欠けているのだろうか。心の闇に潜む殺人願望を描く、衝撃の問題作！

さまよう刃　東野圭吾

長峰重樹の娘、絵摩の死体が荒川の下流で発見される。犯人を告げる一本の密告電話が長峰の元に入った。それを聞いた長峰は半信半疑のまま、娘の復讐に動き出す——。遺族の復讐と少年犯罪をテーマにした問題作。

角川文庫ベストセラー

おそろし
三島屋変調百物語事始

宮部みゆき

17歳のおちかは、実家で起きたある事件をきっかけに心を閉ざした。今は江戸で袋物屋・三島屋を営む叔父夫婦の元で暮らしている。三島屋を訪れる人々の不思議話が、おちかの心を溶かし始める。百物語、開幕！

あんじゅう
三島屋変調百物語事続

宮部みゆき

ある日おちかは、空き屋敷にまつわる不思議な話を聞く。人を恋いながら、人のそばでは生きられない暗獣〈くろすけ〉とは……宮部みゆきの江戸怪奇譚連作集「三島屋変調百物語」第2弾。

泣き童子
三島屋変調百物語参之続

宮部みゆき

おちか1人が聞いては聞き捨てる、変わり百物語が始まって1年。三島屋の黒白の間にやってきたのは、死人のような顔色をしている奇妙な客だった。彼は虫の息の状態で、おちかにある童子の話を語るのだが……。

三鬼
三島屋変調百物語四之続

宮部みゆき

此度の語り手は山陰の小藩の元江戸家老。彼が山番士として送られた寒村で知った恐ろしい秘密とは⁉ せつなくて怖いお話が満載！ おちかが聞き手をつとめる変わり百物語、「三島屋」シリーズ文庫第四弾！

あやかし草紙
三島屋変調百物語伍之続

宮部みゆき

「語ってしまえば、消えますよ」人々の弱さに寄り添い、心を清めてくれる極上の物語の数々。聞き手おちかの卒業をもって、百物語は新たな幕を開く。大人気「三島屋」シリーズ第1期の完結篇！